DREAMBOOKS

DREAMBOOKS

DREAMBOOKS

다크프린스

흑태자 판타지 장편소설

FANTASYSTORY & ADVENTURE

Dark Prince

6

dream
books
드림북스

다크 프린스 6 (완결)

초판 1쇄 인쇄 / 2014년 4월 7일
초판 1쇄 발행 / 2014년 4월 14일

지은이 / 흑태자

발행인 / 오영배
책임편집 / 편집부
펴낸 곳 / (주)삼양출판사 · 드림북스

주소 / 서울특별시 강북구 솔샘로67길 92
대표 전화 / 02-980-2112 팩스 / 02-983-0660
편집부 전화 / 02-980-2116 팩스 / 02-983-8201
블로그 / blog.naver.com/dreambookss

등록번호 / 제9-00046호
등록일자 / 1999년 3월 11일

값 8,000원

ISBN 979-11-313-0007-7 (04810) / 978-89-542-5483-0 (세트)

* 지은이와 협의하에 인지는 생략합니다.
* 잘못된 책은 구입한 곳에서 바꾸어 드립니다.

이 도서의 국립중앙도서관 출판시도서목록(CIP)은 서지정보유통지원시스템 홈페이지(http://seoji.nl.go.kr)와 국가자료공동목록시스템(http://www.nl.go.kr/kolisnet)에서 이용하실 수 있습니다. **(CIP제어번호: 2014010999)**

흑태자 판타지 장편소설

FANTASYSTORY & ADVENTURE

다크프린스
Dark Prince

6

dream
books
드림북스

다크프린스

Dark Prince

목차

1장. 이솔라의 탈출 007

2장. 시슬란과 난민들 041

3장. 마테온으로 075

4장. 재회 099

5장. 침공 117

6장. 격전 147

7장. 광마대제와 수시아 175

8장. 돌아온 시슬란 193

9장. 로열블러드의 사명이 완수되다 219

10장. 루나티카로 245

11장. 루나티카 정벌의 시작 265

Epilogue 297

1장.

이솔라의 탈출

1

'바실이는 무사할까…….'

이솔라는 멍하니 생각했다.

거꾸로 매달려 묶인 채 어딘가로 끌려가고 있던 소년은 흐릿한 눈으로 주변을 둘러보았다.

옆에 나란히 매달려 있는 구조대의 동료가 보였다. 눈은 감고 있는데 가슴이 오르락내리락, 숨은 쉬는 걸 보니 멍한 가운데에도 마음이 놓였다.

다들 죽진 않았구나.

배시시.

저도 모르게 웃는다.

다시 흐릿해지는 시야.

떠오르는 것은 두서없는 기억.

소년이 자신의 무기로 창을 선택한 것은 우연이 아니었다. 그것은 명확히 사적인 소망과 감정을 듬뿍 담은 선택이었다.

시슬란의 가슴을 꿰뚫었다던 냉기의 창.

소년은 그 이야기를 들었던 당시의 기분을 지금도 잊을 수 없었다. 아마 평생이 지난다 해도 그날 느꼈던 슬픔과 다짐은 잊지 못하리라.

그날부터였을 것이다.

내가 언젠가 저런 창으로 놈들에게 복수를 하겠어. 사정두지 않고 찔러 주겠어.

그렇게 수없이 다짐했었다.

그래서 소년은 야니카에게 처음으로 싸우는 법을 배우던 날, 주저 없이 창을 선택했다.

뜻밖에도 창은 소년의 손에, 그리고 적성에 너무나 꼭 맞았다. 비리비리하기만 했던 열한 살 소년은 난생처음으로 잡아 본 기다란 막대기를 신들린 듯 다루었다. 마치 태어나면서부터 창을 잡으며 태어난 사람 같았다.

결국, 처음에는 반대했던 소년의 모친도 두 손을 들 수밖에 없었다.

그렇게 소년은 전사의 길에 정식으로 입문했다.

세월이 흐르는 동안 소년은 자신의 천재적인 재능을 더욱 필사적으로 갈고닦았다. 소년이 바라는 경지는 한낱 인간의 한계 안에서 머무는 수준이 아니었다.

소년은 그 옛날 자신이 우러르고 선망했던 검은 머리, 주홍 눈동자의 사내처럼 되길 열망했다. 그래서 손바닥이 까지고 피가 흘러도, 혹사당한 다리가 부러져도, 탈진해 쓰러져도 계속해서 단련에 단련을 거듭했다. 스승인 야니카가 혀를 내두를 정도의 독기였다.

덕분에 소년의 창술 경지는 단 4년 만에 스승 야니카와 어깨를 나란히 하게 되었다.

주변 모두가 경악을 금치 못했다.

당연했다.

야니카는 과거 토르 왕국에서도 알아주던 실력자였다. 그것은 지금 마테온에서도 마찬가지였다.

그때가 소년의 나이 열다섯. 비로소 자신이 한 사람의 몫을 할 수 있게 되었다 확신한 소년은 다시금 모친과 주변의 만류를 뿌리치고 마테온의 극소수만이 몸을 담는 곳에 자원입대를 감행하였다.

바로 구조대였다.

구조대는 고작 100명 안팎으로 구성된 일종의 특수부대였다.

그들의 임무는 복잡하지 않았다.

마테온 밖의 위험한 세상으로 나가서 아직 생존해 있는 사람들을 데리고 무사 귀환하는 것. 오직 그것만이 구조대가 수행하는 임무의 전부였다.

하지만 그것은 무엇보다 위험한 임무이기도 했다. 무리도 아니었다. 마테온을 제외한 바깥세상에서 이미 인류의 영향력은 거의 사라지고 있는 중이었다.

광마병, 또 광마병들.

그들이 융성했던 제국과 왕국을 무너뜨리고 봉신들을 참살했다. 심지어 산골의 마을에까지 들이닥쳐 말 그대로 인간의 씨를 말렸다.

때문에 구조대의 작전은 언제나 적지 한복판. 이 세상은 마테온을 제외하고는 이미 모두 적지나 다름없었다. 지원이나 보급 따위는 바랄 수도 없다. 마테온을 출발하는 순간부터 그들은 고독했다.

장래가 촉망되는 소년이 그런 구조대에 자원하자 당연히 주위에서는 난리가 났다. 소년의 모친을 비롯해 스승인 야니카도 나서서 소년을 말렸다.

하지만 누구도 소년의 고집을 꺾을 순 없었다.

사실 소년이 구조대에 자원한 데에는 남들에게 말하지 않은 이유가 있었다.

바깥세상으로 나가 시슬란을 찾는 것.

그게 소년이 오랜 시간 품어 왔던 열망의 정체였다.

결국 소년은 주위의 반대를 무릅쓰고 구조대에 자원했고, 혹독한 시험에 당당히 통과했다. 그렇게 구조대의 일원이 되어 위험한 임무를 수행하기 시작했다.

아니, 정정.

구조대에 들어간 지 불과 1년도 되지 않아 팀의 중심이 되었다. 소년은 모든 작전마다 가장 위험한 최후방에서 동료들의 등을 보호하기를 주저하지 않았던 것이다.

그런데 이제는 그것도 끝났다.

완전히 끝.

절망감이 절로 몰려왔다.

"킥킥……! 크하하핫!"

소년, 이솔라는 저도 모르게 웃었다.

그러자 곧바로 발길질이 날아들었다.

광마병의 발길질은 인간을 초월하는 힘을 싣고 있었다.

단 일격에 갈빗대에 금이 갔다.

극심한 고통.

거꾸로 매달린 채 속에 있는 것들을 게워 내면서도 이솔라는 신음하지 않았다. 대신 무시무시한 눈빛으로 자신을 걷어찬 광마병을 노려보았을 뿐이었다.

다행히도 광마병은 더는 폭력을 휘두르지 않았다.

"이상한데."

그사이 정신을 차린 구조대 병사 하나가 몰래 중얼거렸다. 그는 광마병들의 눈치를 보며 동료들에게만 들리도록 작게 속삭였다.

"왜 우릴 죽이지 않지?"

"……."

그건 이솔라도 의문을 품고 있던 부분이었다.

방금 그를 후려친 광마병도 이솔라를 죽이지는 않았다. 죽이려 마음만 먹었다면 얼마든지 가능했을 텐데도.

그러고 보면 굳이 자신들을 죽이지 않고 이렇게 묶어서 어딘가로 끌고 가는 것 자체가 이상하기도 했다.

"무슨 짓을 하려는 걸까?"

"모르지."

"일단 기회를 노려보자고요."

이솔라의 말에 다들 고개를 끄덕였다.

그때부터 그들은 아무런 말도 나누지 않고 침묵했다. 심지어 돌아가면서 잠을 청하기도 했다.

쓸데없이 긴장하면서 체력을 소모했다가 정작 탈출해야 할 때 힘을 못 쓰면 그게 더 곤란할 것이기 때문이다.

이틀이 지났다.

그동안 광마병들은 줄곧 걷기만 했다. 거꾸로 매달린 이솔라와 병사들은 죽을 맛이었지만 편의를 가지고 투정을 부릴 처지는 아니었다.

그리고 마침내 그들은 산과 들을 건너 내륙 깊숙한 곳에 도착했다.

그곳에는 의외의 커다란 건물이 있었다. 심지어 건물은 조금도 부서지지 않은 상태였다. 마치, 지금도 사용하고 있는 듯이.

"저건 뭘까요?"

이솔라가 속삭여 물었지만 동료들도 묵묵부답.

그들 역시 아는 바가 없었다.

광마병들은 포로(?)로 잡은 이솔라와 병사들을 끌고 건물로 들어갔다. 그리고 건물로 들어가자마자 검은 안대로 모두의 눈을 가려 버렸다.

다시 거꾸로 매달린 채 덜렁덜렁.

안대 때문에 좀처럼 방향을 잡을 수가 없었다.

그렇게 얼마나 갔을까.

비로소 안대가 거칠게 벗겨졌다.

"아."

이솔라는 저도 모르게 입을 벌렸다.

어느새 그와 동료 병사들은 감옥, 아니 짐승 우리처럼 보이는 곳에 가두어져 있었다. 바닥과 천장, 사방의 벽이 모두 창살로 된 커다란 정육면체 철창 속이었다.

"이, 이건 뭐야? 이거 꼭 새장 같잖아."

당황하여 주위를 둘러보던 병사들은 곧 더욱 놀라고 말았다.

"헉……."

건물 안쪽, 광활한 공간에는 자신들을 가둔 것과 같은 철창이 끝도 없이 쌓여 있었다. 대강 시야에 들어오는 것만 해도 족히 수백 개는 되었다.

자신들을 가둔 철창은 그중의 하나에 불과했다.

게다가 더욱 놀라운 사실은, 그 철창들 모두에 살아 있는 사람들이 갇혀 있다는 점이었다.

보고도 믿을 수 없는 광경에 충격을 받은 이솔라가 망연히 중얼거렸다.

"대, 대체 여긴 뭐야……."

그때였다.

그들의 바로 위에 놓인 다른 철창에서 누군가의 대답이 돌아왔다.

"뭐긴, 사육장이지. 클클."

놀라서 올려다보니 사람이 맞나 싶을 정도로 땟물이 좔좔 흐르는 털북숭이의 남자가 이쪽을 내려다보며 웃고 있었다.

"당신은?"

"보면 몰라? 댁들의 미래 모습이지."

"우리들의……?"

반문하던 이솔라는 사내의 말뜻을 깨닫곤 인상을 찌푸렸다. 그 역시 자신들처럼 광마병에게 끌려온 것이다. 그리고 짐승처럼 이곳에 오래 갇혀 있었던 모양이다.

털북숭이 사내가 말했다.

"그래도 운이 좋으면 나처럼 오래 기다리지 않을 수도 있어. 이놈들, 순서 정하는 게 제멋대로거든. 어떤 놈은 끌려온 바로 다음 날 저기로 들어갔다니까."

털북숭이가 한쪽을 가리켰다.

죽 늘어선 새장 같은 철창들.

그 중앙에 곧게 뻗은 길이 있었다. 그리고 그 길의 끝에 커다란 철문이 있었다.

"저긴 뭡니까?"

문득 떠오르는 불길한 예상을 억누르며 이솔라가 물었다.

털북숭이의 웃음이 진해졌다.

"나도 모르지. 그런데 추측하는 건 하나 있지. 그동안 저기로 들어간 놈들은 꽤 많았는데, 나오는 놈들은 하나도 못 봤다는 거."

"아무도 말입니까?"

"광마병은 줄창 나오더만. 들어간 적도 없는 놈들이……. 클클."

"……."

이솔라도, 동료들도 모두 할 말을 잃었다.

그제야 여기가 어떤 곳인지 완전히 알 것 같았다.

"여긴…… 광마병을 만드는 곳이었군요."

그리고 그 재료는 인간이었다.

털북숭이는 웃기만 할 뿐, 대답하지 않았다.

하지만 이솔라는 알았다.

때론 대답 없음도 대답이었다.

털북숭이의 침묵은 어떤 대답보다 무거운 긍정의 뜻을 품고 있었다.

"하아……."

모두의 입에서 한숨이 흘러나왔다.

절망감이 어깨를 짓눌러 왔다.

이솔라도 쭈그려 앉은 채 지친 고개를 무릎 사이에 묻었다. 하지만 그 눈빛만큼은 여전히 생기를 잃지 않고 있었다. 아니, 오히려 평소보다 더욱 활활 빛났다.

'절대 포기하지 않아!'

이솔라는 필사적으로 이곳을 빠져나갈 방법을 궁리하기

시작했다.

2

기회는 좀처럼 일찍 찾아오지 않았다.

이곳 수용소(이솔라와 동료들은 이곳을 그렇게 불렀다.)는 하루에 딱 한 번, 굶어 죽지 않을 정도의 최소한의 음식만을 주었다. 그것도 평소라면 거들떠보지도 않을 수준의 음식이었다.

다시 말하면, 그 한 번이 하루를 통틀어 그들을 가둔 철창이 열리는 유일한 순간이었다.

그런데 그 순간마저도 광마병들이 곳곳에서 감시의 눈길을 번득였다.

"틀렸어. 탈출을 시도하려는 순간 죽을 거야."

체념한 동료 하나가 말했다.

다른 동료들도 고개를 주억거리며 맞장구쳤다.

기회가 희박할 뿐 아니라 위험 또한 다분하고, 거기에 더해 먹은 것이 거의 없어 기력도 바닥까지 떨어진 상황이었다.

"그러니까 내가 말했잖아? 낄낄. 애를 쓰나 안 쓰나 여길 못 빠져나가는 건 똑같다고. 그러니까 차라리 마음 편하게 먹어. 혹시 알아? 나처럼 오래 살아남을 수 있을지."

위쪽 철창의 털북숭이 사내가 이솔라와 동료들을 향해 이죽거렸다.

동료들은 납하지 않았다.

그때였다.

계속 묵묵히 있던 이솔라가 털북숭이 사내를 올려다보며 말했다.

"미안한데 말이죠, 한마디만 할게요."

"해봐."

"그쪽도 딱히 살아 있는 건 아닌 것 같네요, 제가 보기에는."

"뭐라고?"

"제 말이 틀렸습니까? 여기 갇혀서 숨만 쉬고, 밥 먹고, 똥만 싸면 그게 살아 있는 겁니까?"

"……."

털북숭이가 입을 꾹 다물어 버렸다.

그런 그를 향해 이솔라가 말했다.

"제 말이 심하단 건 압니다. 하지만 적어도, 아직 희망을 붙들려는 사람의 손목을 꺾진 말아 주십시오."

"네놈이 뭘 안다고! 퉤!"

털북숭이가 이솔라를 향해 침을 뱉었다.

이솔라는 피하지 않았다.

대신 볼에 묻은 침을 닦아 내며 털북숭이 사내를 묵묵히 올려다볼 뿐이었다.

그건 성난 눈빛도, 비난하는 눈빛도 아니었다.

그저 묵묵히 바라보는 그런 눈빛이었다.

그래서였을까.

처음엔 고리눈을 뜨고 이솔라를 노려보던 털북숭이 사내도 무안해졌는지 눈길을 슬그머니 돌리고 말았다.

둘 사이에 어색한 침묵이 깔렸다.

3

침묵은 이틀이나 더 이어졌다.

그동안 이솔라도, 털북숭이 사내도 서로에게 말을 걸거나 눈길을 주지 않았다.

이솔라는 동료들과 함께 이곳을 탈출할 방법에만 골몰했고, 털북숭이 사내는 언제나 그랬던 것처럼 혼자만의 생각에 푹 잠겨 있는 모습이었다.

그런데 먼저 침묵을 깨뜨리고 말을 건넨 쪽은 뜻밖에도

털북숭이 사내 쪽이었다.

"생각해 보니 네 말이 맞는 것 같다, 애송이."

털북숭이 사내는 자신의 실수를 선선히 시인했다.

이솔라의 말은 충격이었다. 망치로 머리를 맞은 듯한 기분이었다.

그 후로 이틀 동안 곰곰이 생각에 잠겼다.

스스로를 돌아보는 시간이었다.

덕분에 그는 깨달을 수 있었다.

분하지만 저 꼬맹이의 말이 맞다. 여기에서 숨만 쉬고 있다고 그게 살아 있는 건가? 목숨만 붙어 있다고 그게 살아 있는 것인가?

이솔라의 말이 옳았다.

그건 살아도 산 게 아니었다.

그저 숨만 쉬는 고깃덩어리와 다를 것이 무에 있단 말인가. 이곳에 잡혀 지낸 지난 세월, 어디에서 인간으로서의 인생을 찾을 수 있단 말인가.

그건 완벽히 무의미한 시간 이상도, 이하도 아니었다.

그렇게 생각하자 하늘이 무너지는 것 같았다.

지금까지 자신을 속여 오고, 나름대로 그것에 의미를 두며 살아왔던 대가를 치르는 셈이었다. 설령 그것이 그가 이곳에서 미치지 않고 버틸 수 있던 유일한 버팀목이었다 하더라도.

이솔라를 바라보는 털북숭이 사내의 얼굴엔 어느새 굵은 눈물이 흐르고 있었다.

"네놈의 말이 맞다, 애송이. 인정한다. 내가 틀렸다. 이 바라카가 틀렸단 말이다."

바라카.

그것이 털북숭이 사내의 이름이었다.

한데 그의 이름을 들은 이솔라의 동료 중 한 사람이 고개를 갸우뚱했다. 털북숭이의 이름이 그에겐 아주 익숙했기 때문이다.

"바라카? 설마…… 당신, 스카나족의?"

"어? 날 아는가?"

바라카의 반문에 이솔라의 동료, 해미쉬가 고개를 끄덕였다.

"알다마다. 나는 로젠 백작가의 기사 출신이오."

"허허허! 로젠 백작령!"

해미쉬의 말에 털북숭이 사내, 바라카가 미친 듯이 껄껄 웃었다. 그리고 철창 사이로 해미쉬를 향해 손을 내밀어 악수를 청했다.

"로젠 백작령이라…… 얼마 만에 들어 보는 이름인지. 들을 때마다 이를 갈았던 이름인데, 여기서 들으니 어째서 이토록 반가운 건지 모르겠군."

"하하, 동감이오. 스카나족의 대족장 바라카. 여기서 이렇게 당신을 만나게 될 줄은 꿈에도 몰랐구려."

바라카와 해미쉬는 굳게 손을 잡고 악수를 나누었다.

해미쉬가 물었다.

"그런데 당신, 예전에 침공에 실패하고 생포된 뒤로 죽은 게 아니었소? 풍문으로는 우리 로젠 백작령이 토벌당할 때 지하 감옥에 갇혀 있던 당신도 죽임을 당했다고 들었는데."

"하, 내가 죽어? 살아 있으니 멀쩡히 여기에 있는 거겠지."

바라카가 코웃음을 쳤다.

그는 자신이 겪은 이야기를 이솔라와 동료들에게 들려주었다.

"그날 난 말이지……."

한때 토르 왕국의 서부를 집어삼키겠다는 야심을 품었던 스카나족의 대족장 바라카.

하지만 그런 야심이 무색하게 시슬란에게 참패를 당한 그는 로젠 백작령의 군대에 패배하고 포로가 되어 버리고 말았다. 그리고 그의 부족은 크게 위세가 줄어 더는 예전처럼 로젠 백작령에 위협이 되지 못하는 존재로 전락하고 말았다.

물론 그 역시 잡히자마자 죽음을 각오했었다. 로젠 백작가가 그를 살려 줄 이유가 없었기 때문이다.

그런데 백작가는 그를 죽이지 않았다.

지하 감옥에 가두어 두기만 했을 뿐.

"그들은 날 회유하려 했지. 앞으로 스카나족이나 그 밖의 변방 부족들을 상대하는 데에 날 써먹으려고. 하지만 난 한사코 거부했다. 그건 내 자부심에 어긋나는 일이었으니까. 그 탓에 계속 갇혀 있어야 했지. 하! 그러고 보니 여기서의 신세나 그 시절이나 비슷하군."

바라카의 설명이 이어졌다.

어쨌건 그 이후로 그는 오랜 기간 지하 감옥에서 죄수로 지내야 했다.

그러던 어느 날, 갑자기 모든 것이 변했다.

로젠 백작가가 역모의 누명을 쓰고 토벌군을 맞이하게 된 까닭이었다.

"그날 지하 감옥에 있던 놈들은 거의 다 죽었다. 점령군이 한낱 죄수들에게 온정을 베풀어 줄 리 만무했지. 나 같아도 그랬을 테니. 하지만 내겐 행운이 따랐다. 그 야니카 덕분에 말이다."

"스승님 덕분에?"

이솔라의 반문에 바라카가 묘한 표정을 지었다.

"스승? 야니카가 네놈의 스승이라고?"

"그렇습니다만."

"크하하하! 이거 정말로 묘한 인연이 아닌가!"

옛 호적수의 제자와 같은 처지가 되어 이런 곳에서 이야기를 나누고 있다니. 예전이었다면 이런 상황은 꿈에서도 상상하지 못했으리라.

바라카는 인생이란 게 참 묘하다고 생각하며 계속 설명했다.

"그래, 네놈의 스승인 야니카 덕분에 살았다. 야니카가 토벌군의 포위를 뚫고 탈출했거든. 덕분에 점령군 기사들의 주의가 그쪽으로 쏠렸고, 그 틈을 타서 나도 한 놈 죽이고 도망쳤지."

그 후로 바라카는 자신의 부족인 스카나족에게로 돌아갔다. 하지만 이미 그의 신세는 예전과 많이 달라져 있었다.

그는 부족을 위기에 빠뜨린 예전의 족장일 뿐이었다.

오히려 고향 부족민들에게 죽임을 당할 뻔한 바라카는 갈 곳 없는 떠돌이로 전락했다. 굶어 죽지 않기 위해 혼자서 강도질도 해보았고, 어느 도시에서는 막노동을 하거나 걸인으로도 지내봤다.

"그러다가 다시 난리가 터지더군. 그 광마병인가 하는 놈들 말이다. 몇 번은 운이 좋아서 놈들을 죽이고 도망쳤지만, 결국엔 잡히고 말았지. 그 뒤론 네놈들이 아는 그대로다. 지금껏 몇 년이나 여기서 푹 썩은 채 지내야 했다. 클클……."

바라카의 웃음에 모두가 숙연해졌다.

이런 곳에서 몇 년이나 지내야 했을 사람의 심정은 어떤 걸까, 생각하니 절로 아득한 기분이 든 탓이었다.

그때 이솔라가 말했다.

"그럼 바라카, 혹시 우리를 도와줄 수 있습니까?"

"내가? 너희를? 어떻게?"

"여기서 오래 지냈다고 했잖아요. 그럼 이곳에 대해 우리들보단 훨씬 많이 알고 있을 텐데, 그 정보가 도움이 될 것 같습니다."

"흠, 생각해 보니 그도 그렇군. 도움이 될 정보일지는 모르겠지만."

이솔라의 말에 바라카도 고개를 끄덕였다.

하지만 내심 큰 기대는 하지 않았다. 그런 정보들을 이용해서 탈출할 수 있을 것 같았으면 자신이 진즉 실행하지 않았겠는가.

하지만 바라카는 굳이 그런 말까지는 하지 않았다.

적어도 희망을 짓밟고 싶지는 않았다.

그리고 한편으로는 기적이라도 일어나 주면 좋겠다는 생각이 들기도 했다. 그건 지푸라기라도 붙잡는 사람의 심정과도 비슷한 기분이었다.

"그럼 어떤 것부터 들려줄까."

바라카는 이솔라 등에게 이곳에 대해 자신이 아는 것들을 세세하게 설명해 주기 시작했다.

이솔라와 해미쉬 등의 동료들은 그의 설명을 한마디라도 놓칠까 귀를 기울여 들었다. 그러면서 각자 의견을 내고 이곳을 빠져나갈 방법을 의논하기 시작했다.

그 덕분에 며칠 후엔 그럭저럭 쓸 만한 계획이 잡혔다.

하지만 그들에겐 그걸 실행할 시간이 주어지지 않았다. 모든 계획을 수립한 바로 그날 저녁, 광마병 한 놈이 이솔라 등이 갇혀 있는 철창문을 열었기 때문이다.

끼이이익…….

하루에 한 번 있는 식사 때도 아닌데 철창이 열렸다.

그 사실을 깨달은 이솔라 등의 얼굴에 위기감이 떠올랐다. 식사가 아니라면 철창이 열릴 이유는 하나밖에 없는 까닭이었다.

"우리를 데려가서 광마병으로 만들려고……."

해미쉬가 입술을 깨물며 짓씹듯 말했다.

그와 동시에 광마병 한 놈이 안으로 들어와 이솔라의 목덜미를 움켜쥐었다.

"우, 우우우욱!"

온몸을 버둥거렸지만 기본적으로 이솔라가 광마병의 완력

을 당해 낼 수는 없는 노릇이었다.

다른 동료들은 끌려 나가는 이솔라를 주먹만 불끈 쥐고서 망연히 구경할 수밖에 없었다. 철창 바로 밖에 열 마리에 달하는 광마병들이 눈을 번득이고 있었기 때문이다.

그때였다.

"크아아아!"

바라카가 자신의 철창 벽을 향해 달려가더니 온몸을 철창에 부딪쳤다.

지금은 비쩍 말랐지만 원래 기골이 장대했던 그가 전력으로 철창에 온몸을 날리자 그를 가둔 철창 전체가 크게 흔들렸다.

고통이 클 텐데도 바라카는 쉴 새 없이 철창에 온몸을 부딪쳤다. 덕분에 광마병들이 그를 제지하기 바로 직전, 그를 가두고 있던 철창 전체가 바깥으로 밀려나 통째로 뚝 떨어졌다.

콰아앙!

그 서슬에 광마병 두 놈이 철창 아래 깔렸다.

나머지 광마병들이 철창 안에 있는 바라카를 향해 눈을 부릅떴다.

바라카가 고통을 참으며 외쳤다.

"이놈들아, 지금이 바로 기회다!"

그의 필사적인 외침이 무슨 뜻인지 못 알아들은 사람은 아무도 없었다.

해미쉬가 곧바로 몸을 날려 이솔라를 붙잡고 있는 광마병의 목덜미를 향해 단도를 휘둘렀다. 이곳으로 끌려오면서도 끝까지 숨기고 있던 마지막 무기였다.

푸욱!

"크게엑!"

방심했다가 목을 정통으로 찍힌 광마병이 섬뜩한 비명을 질렀다. 놈의 몸부림에 해미쉬가 단도를 놓치고 나동그라졌다.

그 와중에도 광마병은 이솔라를 놓지 않았다.

하지만 이솔라도 가만히 있지 않았다.

"이이익!"

해미쉬가 놓친 단도는 그대로 광마병의 목덜미에 꽂혀 있었다.

단도의 손잡이를 향해 뻗어 간 이솔라의 손이 그걸 움켜쥐고 사력을 다해 옆으로 잡아당겼다.

단도가 목에 박힌 상태 그대로 옆으로 주우욱 움직였다.

가죽 찢는 듯한 소리가 울려 퍼졌다.

부우우욱!

"크에헤아악!"

광마병이 단말마와 함께 쓰러졌다.

피가 왈칵 튀어 이솔라의 상체를 적셨다. 겨우 광마병의 손아귀에서 벗어난 이솔라는 거세게 밭은기침을 토해 냈다.

하지만 숨을 돌릴 틈은 없었다.

그사이에 다른 광마병들이 철창문을 닫으려 하고 있었기 때문이다.

"막아!"

문이 닫히면 모든 게 끝이다.

그걸 아는 해미쉬와 동료들이 달려가 철창문을 밀어냈다. 그리고 온몸으로 광마병들을 막았다.

해미쉬가 소리쳤다.

"도망쳐라, 이솔라! 커윽!"

그 외침과 함께 해미쉬의 목이 통째로 날아갔다.

다른 동료들도 마찬가지였다.

무기도 없이 맨몸으로 광마병에게 맞서는 자체가 자살행위나 다름없었다.

하지만 그들의 죽음이 마냥 헛된 것만은 아니었다.

그 죽음이 약간의 시간을 벌어 주었다.

이솔라는 터져 나오려는 분노의 고함과 눈물을 억지로 참으며 철창을 빠져나와 달렸다.

그러나 광마병들이 허투루 이솔라를 놓아줄 리 만무했다.

곧바로 놈들의 추격이 시작되었다.

가뜩이나 굶어서 지친 이솔라는 금방 놈들에게 따라잡힐 것 같았다.

그걸 깨달은 이솔라는 일부러 큰 통로를 버리고 철창이 포개져 있는 좁은 틈으로 달려 들어갔다.

골목으로 뛰어들기 바로 직전, 광마병의 손톱이 이솔라의 머리 바로 위를 스치듯 지나가 철창을 긁었다.

카가가각, 하는 소리와 함께 불똥이 튀었다.

간신히 골목 안으로 몸을 피했지만 이솔라는 아직 안전한 게 아니었다.

광마병들은 둘로 패를 나누어 한쪽은 골목으로 이솔라를 추격해 왔고, 나머지 한쪽 패는 공간을 크게 돌아가 반대편 골목 출구를 틀어막았다.

이솔라는 완전히 골목 안에 갇혀 버린 셈이었다.

하지만 이솔라도 무작정 골목을 따라 뛸 생각은 없었다. 이곳에 뛰어들 때부터 반대편 출구가 막힐 거라는 것쯤은 이미 짐작하고 있었다.

'그럼 어디로 도망쳐야 하지? 숨어야 하나?'

달려가면서도 필사적으로 주변을 살폈다.

그러던 중 반쯤 출입구가 열려 있는 빈 철창이 보였다. 마침 골목 내부의 모퉁이를 돌아 나온 직후라 광마병들은 이솔라를 시야에서 놓친 상태였다.

이솔라는 곧바로 열린 철창으로 들어가 안쪽에서 철창을 닫았다. 물론 잠그지는 않았다. 그리고 철창 구석에 엎드려 누워 얼굴을 반대편으로 돌렸다.

그 직후 골목으로 따라 들어온 광마병들이 철창 앞을 지나쳐 갔다.

놈들 중의 두어 놈이 엎드려 있는 이솔라를 향해 힐끗 시선을 던졌지만 놈들은 눈치를 채지 못하고 무리를 따라 그대로 철창을 지나가 버렸다. 이솔라를 그냥 원래 이 철창에 갇혀 있던 인간으로 착각한 까닭이었다.

놈들이 저만치 멀어지고 나서야 이솔라가 고개를 들었다.

"후우."

간발의 차이로 놈들을 속였다.

사실 막무가내로 걸었던 도박이었는데 어찌어찌 먹힌 셈이었다.

운이 좋았다.

이솔라는 조심스럽게 철창문을 열고 나와 아까 자신이 들어왔던 골목 입구 쪽으로 되돌아 나갔다.

다행히 광마병은 보이지 않았다.

대신 원래 이솔라와 동료들이 갇혀 있던 철창 주위엔 해미쉬 등의 주검이 널브러져 있었다.

"다들……."

이솔라는 입술을 와락 깨물었다.

안 그러면 울음이 왈칵 나올 것 같아서였다.

지금은 울 때가 아니다.

모두의 숨이 완전히 끊어졌다는 걸 확인한 이솔라가 몸을 일으킬 때였다.

"어이…… 이봐."

무너진 철창 구석에서 누군가가 이솔라를 불렀다.

그쪽을 보니 바라카였다.

"당신, 살아 있었군요?"

"그럼, 내가 누군데. 크흘흘. 그나저나 날 좀 당겨 주지 않겠나?"

바라카는 무너진 철창 더미에 깔려 있었다.

이솔라는 철창 더미를 약간 걷어 내고 바라카를 당겼다. 다행히 큰 부상을 당하진 않았는지 그 정도 도움만으로도 바라카는 스스로 몸을 빼낼 수 있었다.

"고맙다, 애송이. 그럼 이제부터 날 따라와라."

"그러죠."

졸지에 외톨이가 된 줄 알았던 암울한 상황에서 바라카가 동행이 되자 이솔라는 힘이 났다. 하물며 바라카는 이곳에서 몇 년을 갇혀 지낸 덕에 그나마 이곳의 구조에 빠삭한 사람이었다. 그렇게 생각하니 더욱 믿고 의지하는 마음이 생겼다.

두 사람은 재빨리 감시의 시선이 닿지 않는 곳으로 몸을 숨겼다. 그리고 얼마 지나지 않아 한 무리의 광마병들이 주변을 이 잡듯이 수색하기 시작했다.

이솔라와 바라카는 숨소리도 내지 않으려 애썼다.

그러나 광마병들의 눈을 끝까지 속일 수는 없었다.

결국 반나절도 되지 않아 두 사람은 광마병들에게 덜미를 잡히고 말았다.

"크아아악! 이놈들!"

바라카와 이솔라가 거칠게 반항했지만 둘이서 광마병들을 감당할 수는 없는 노릇이었다. 둘이 무기 삼아 지니고 있던 쇠막대기는 금방 구부러져 저만치 날아가 버렸고, 둘은 맨손이 되고 말았다.

광마병들은 둘을 살려 둘 생각이 없는 듯했다.

"흐흐흐! 애송이, 그래도 네놈을 만나서 잠시나마 즐거웠다. 오랜만에 옛날 생각이 좀 나기도 했고."

"하하, 그거 영광이군요."

죽음을 직감한 둘은 다가오는 광마병들을 노려보았다.

선두의 광마병 세 놈이 칼날처럼 날카로운 손톱을 죽 늘어뜨린 채 두 사람을 향해 돌진해 왔다.

"케르르릑!"

"캬륵!"

그때였다.

콰아아아앙!

건물 벽 한쪽에 굉음과 함께 커다란 구멍이 뚫렸다.

그리고 그 구멍으로 뭔가가 큰 머리를 불쑥 들이밀었다.

"으듀!"

"바실아?"

이솔라가 눈을 부릅떴다.

흙먼지가 가시자 구멍 안쪽으로 머리를 들이민 바실이가 보였다. 머리의 정체는 바실이였던 것이다.

뒤이어 바실이가 몸을 뒤틀며 용을 썼다.

"으듀듀듀듀!"

콰직! 콰드드득!

튼튼한 건물 벽이 두부 으깨지듯 뭉그러졌다. 바실이의 앞발이 벽을 허물고 강인한 어깨와 튼튼한 몸통이 뒤이어 모습을 드러냈다.

그리고 바실이가 완전히 건물 안쪽으로 들어왔다.

"아르르르르!"

만신창이가 된 이솔라와 그를 둘러싼 광마병들의 모습을 본 바실이가 분노로 이를 갈았다.

순간 바실이에게서 엄청난 살기가 폭발하듯 뿜어져 나와 사방으로 몰아쳤다.

덕분에 이솔라와 바라카를 향해 달려들려던 광마병들도 주춤했다. 엄청난 살기에 그들도 모르게 위축된 반응을 나타낸 것이다.

바실이는 더는 몇 년 전의 작은 도마뱀 같은 새끼 바실리스크가 아니었다.

물론 아직 완벽한 성체는 아니었지만 바실리스크는 어느 모로 보아도 마수 중의 마수. 괜히 마수 중의 폭군이라 불리는 게 아니었다.

비록 다 자라지 못한 미성숙체라 해도 이미 바실이는 광마병들이 쉽게 얕볼 만한 상대가 아닌 셈이었다.

바실이가 돌진했다.

"아르르르!"

콰드드드!

이솔라와 바라카를 덮치려던 선두의 광마병 세 놈은 반항다운 반항도 못 해 보고 온몸이 으스러지고 말았다.

다른 놈들이 황급히 바실이를 공격했다.

하지만 놈들의 공격은 바실이의 튼튼한 비늘에 모조리 튕겨 나가고 말았다.

대신 돌아온 것은 강맹한 꼬리의 일격이었다.

부우우우웅! 콰앙!

거대한 몽둥이처럼 한꺼번에 광마병들을 후려친 꼬리는 그 곁에 포개진 빈 철창들마저 한꺼번에 무너뜨리고 말았다.

그렇잖아도 엄청난 타격을 받은 광마병들이 그 아래에 깔려 버둥거렸다.

"바라카! 여기 같이 타요!"

"뭐? 거기 타라고? 나야 좋지!"

바실이의 엄청난 위력에 감탄하던 바라카가 광소하며 바실이의 등에 올라탔다.

콰아앙!

바실이는 건물 벽에 커다란 구멍 하나를 더 뚫어 놓고는 그대로 밖으로 빠져나왔다.

물론 바깥에도 광마병들이 개미 떼처럼 모여들어 있었다. 이 난리가 난 걸 생각하면 당연한 일이었다.

그러나 이솔라도, 바실이도 놈들에게 맞서 싸울 생각은 없었다.

"가자!"

"으듀듀!"

파파파파파팍!

바실이가 전력으로 돌진하자 그걸 정면에서 막아 낼 광마병은 없었다. 포위망은 순식간에 무너졌고, 이솔라와 바라카를 태운 바실이는 그대로 포위망을 빠져나가는 데에 성공했다.

"크핫하하하! 이거 죽여주는구먼!"

바라카는 미친 듯이 웃으며 즐거워했다. 몇 년 만에 맛보는 바깥의 공기인가. 이렇게 벌판을 달리는 자신의 모습이 믿기지 않을 정도로 감격스러웠다.

그랬기에 그는 앞에 앉은 이솔라의 어깨가 가늘게 떨리고 있다는 걸 조금 뒤에야 깨달을 수 있었다.

"어이, 이봐."

"……."

"애송이 너, 우냐?"

아닌 게 아니라 이솔라의 어깨는 가늘게 떨리고 있었다. 급박했던 순간을 벗어나자 비로소 잃어버린 동료들의 모습이 떠올라 슬픔을 억누를 수가 없었던 까닭이다.

"아닙니다. 일단 가죠. 아직 안전한 곳이 아니니."

소매로 눈가를 훔친 이솔라는 바실이를 재촉하여 계속 평원을 달렸다.

2장.

시슬란과 난민들

1

한 방향으로 꾸준히 이동한 시슬란은 평원과 이어진 완만한 산자락에 도착했다.

거기서 그는 의외의 소리를 들었다.

"으아악!"

"야! 야! 피해!"

산허리 쪽에서 누군가의 급한 아우성이 희미하게 들렸다. 거리가 멀어서 명확하지는 않았지만 그건 분명 사람 소리였다.

시슬란은 소리가 들린 곳으로 올라갔다.

그곳에는 과연 사람들이 있었다.

그런데 사람만 있는 게 아니었다.

꿔에엑!

한 마리 성난 멧돼지가 사방팔방 날뛰며 날카로운 엄니를 휘두르고 있었고, 그 서슬에 놀란 사내 다섯이 걸음아 날 살려라, 도망치기에 바빴다.

아까 시슬란이 들은 외침은 이들이 낸 소리인 것 같았다.

'사냥 중이었던 건가?'

그걸 말해 주기라도 하듯 높게 솟은 멧돼지의 우람한 어깨와 등 곳곳에는 화살 몇 대가 박혀 있었다.

야생동물을 사냥할 때 가장 위험한 상황이 바로 저거다.

일격에 숨을 끊지 못하고 어설픈 상처만 입히면 그때부터 동물은 미쳐 날뛴다. 상처가 전해 주는 고통과 분노, 그리고 생존 본능으로 인해 그야말로 눈이 뒤집혀서 눈에 보이는 모든 것을 향해 달려들 수도 있었다.

지금 멧돼지와 사냥꾼들이 딱 그 모습이었다. 멧돼지에게 어설픈 상처를 입힌 사냥꾼들은 그 대가를 톡톡히 치르고 있었다.

"으, 으악!"

도망치던 한 사내가 넘어지며 발목을 다쳤다.

다른 이들이 황급히 그를 구하고자 고함을 질렀지만 많이 늦은 상황이었다.

넘어진 사내는 창백한 낯빛으로 자신을 향해 달려드는 멧돼지를 바라보았다.

뺑 좀 섞어서 집채만 한 바위가 달려드는 형국이었다.

받히면 그냥 사망.

바닥에 웅크린 사내는 팔로 얼굴과 머리를 가리며 눈을 질끈 감았다.

하지만 사내가 상상한 끔찍한 일은 벌어지지 않았다.

씨익……! 씨이익!

대신 멧돼지의 씩씩거리는 소리만 들려왔다.

"……어?"

눈을 뜬 그는 어느새 멧돼지가 멈춰 서 있다는 사실을 깨달았다. 그리고 그 멧돼지와 자신 사이에 처음 보는 사람이 서 있다는 것도.

휘이잉.

산허리를 타고 도는 선선한 저녁 바람이 검은 망토와 후드를 살랑거리게 만든다.

그 모습에 사내는 저도 모르게 침을 꿀떡 삼켰다. 붉은 노을을 지고 망토가 펄럭이는 그 모습에서 망령, 혹은 유령을 떠올렸기 때문이다.

물론 긴장한 것은 사내만이 아니었다.

씨익! 씨익!

극도로 흥분했던 멧돼지조차 그 자리에 멈춰 서서 거친 숨만 내뱉었다.

놈도 알았다.

본능이 전해 주고 있었다.

여기서 한 발짝만 더 달려든다면 주는다는 것을.

그때 망토의 후드 아래로 드러난 입술이 나지막하게 열렸다.

"조용히 가거라."

움찔!

그의 한마디에 멧돼지가 오줌을 와락 지렸다. 놈은 부들부들 떨며 물러서더니 뒤도 안 돌아보고 도망쳤다.

샤아아, 기묘한 소리가 들리며 저 멀리 도망치는 멧돼지의 등에서 박힌 화살을 뽑아 주었다. 물론 거리가 멀어서 사냥꾼들은 미처 거기까진 보지 못했다.

멧돼지에 쫓기던 사냥꾼들이 엉거주춤 그의 주변으로 모여들었다. 그들은 넘어졌던 사내의 발목을 살피면서 경계의 눈초리로 시슬란을 바라보았다.

"댁은 뉘시오?"

물어 오는 뉘앙스가 이상하다.

전혀 생명의 은인을 대하는 어조가 아니었다.

그러고 보니 시슬란을 보는 사냥꾼 사내들의 눈빛에는 희미한 적대감이 서려 있었다.

대체 왜?

하지만 그는 신경 쓰지 않았다. 지금 자신이 궁금한 것, '여기가 어디인가?'를 묻기 위해 입을 열었다. 아니, 열려고 했다.

하지만 사냥꾼 사내의 짓씹는 듯한 말이 한발 더 빨랐다.

"제길! 댁 때문에 놓쳤잖아!"

뭐?

"도울 거면 제대로 돕든가. 지금 그게 도움이랍시고 멧돼지를 보낸 거야? 그래 놓고 사람 목숨 살렸다고 우쭐해 있는 거냐고. 저걸 못 잡아가면 오늘 우리가 무슨 꼴을 당하는지 댁이 알기나 해? 엉?"

다친 사내를 제외한 네 명의 사냥꾼이 어느새 시슬란의 주위를 둘러쌌다.

나름 험악한 인상들을 쓰고 있었다.

하지만 그에 반해 그들의 무기와 장비는 조악했다. 한눈에 보기에도 그들은 전문 사냥꾼이 아니었다.

그뿐이랴.

옷차림도 엉망, 넝마에 가까웠다. 얼마나 못 먹었는지 눈이 퀭하고 광대뼈도 툭 불거져 나왔다. 팔에 근육은커녕 남아 있는 살도 별로 없었다.

"그러니까, 오늘 댁은 운이 없는 거라고 생각해. 우리도 나름 사정이 있어서 이러는 거야. 알겠어? 어쨌건 다치고 싶지 않으면 가진 걸 다 내놔."

"하!"

시슬란은 실소를 흘리고 말았다.

물에 빠진 사람을 건져 주었더니 보따리 내놓으라는 격이었다.

시슬란은 자신을 겨누고 있는 녹슨 칼과 손도끼를 둘러보며 말했다.

"운이 없는 게 과연 어느 쪽인지 모르겠군."

휘익, 철썩철썩!

그의 말이 끝난다 싶은 순간, 네 사내들의 귀싸대기가 이리저리 철썩거리며 돌아갔다.

"캑!"

"아이고!"

얼굴을 싸쥐고 뒹구는 그들을 향해 시슬란의 건조한 음성이 떨어졌다.

"나름 사정이 불쌍한 듯 보여 그 고약한 심보를 이 정도의 치죄로 끝내는 걸 다행으로 알도록. 그나저나 아까 하는 말을 들어 보니 누군가의 지시를 받고 사냥을 하고 있었던 것 같은데, 맞나?"

"아, 예예!"

가련한 사내들은 빰 한 대를 맞자 정신이 번쩍 들었다. 망토를 두른 저 인물이 자신들과 격이 다른 상대임을 뒤늦게야 안 까닭이었다.

그들은 시슬란을 무술에 조예가 있는 이거나, 칼을 좀 만져 봤거나, 뭐 그런 부류 정도로 생각했다. 그것도 그들의 기준에서는 하늘만큼 높은 존재이긴 했지만 말이다.

어쨌건 기선을 제압한 시슬란은 그들에게 여기가 어디인지를 물었다.

"이, 이곳 말씀입니까요?"

사내들은 그의 눈치를 살피면서도 순순히 답했다.

"마데인 산이지 말입죠."

"마데인 산?"

"예. 여기 사람들은 그렇게 부릅니다요."

하지만 그의 대답에 만족하지 못한 시슬란은 조금 더 자세히 물었다. 그러자 사내들은 고개를 갸웃거리면서도 최대한 상세히 답했다.

"나리께선 어찌 자신이 있는 곳도 모르시는 건지……. 아, 아닙니다. 말씀드리겠습니다요. 여긴 원래 미르바트 공국의 땅이었습죠. 저희도 원래는 미르바트의 농민들이었습니다요. 어쨌건 지금 여긴…… 에, 대충 공국의 남부쯤 되는 걸로 압니다요."

글자도 제대로 모르는 그들이었다. 심지어 자신이 태어난 촌락을 벗어난 적도 없었다. 지도조차 제대로 읽을 줄 모르는 사내들이 이곳의 지리를 상세히 소개하기엔 조금 무리가 있었다.

대신 그들은 계속되는 시슬란의 추궁에 자신들의 지금 처지를 설명해 주어야 했다.

"마, 말씀드렸다시피 저희는 원래 평범한 농민들이었습니다요. 하지만 그, 뭐시냐, 광마병? 뭐 그딴 요상한 괴물들이 날뛰는 바람에 집도, 밭도 다 잃었습죠. 그때 가족도 다 죽었습니다요. 결국 죽지 못해 홀몸으로 살아남았는데, 그 뒤로 6년 동안 어찌 흐르고 흘러 여기까지 왔습니다요."

시슬란이 물었다.

"그럼 혹시, 그대들은 제국 수도의 유민들이 어디로 갔는지 행방을 아는가?"

"저, 저희도 거기까진……."

사내들은 고개를 가로저었다.

대신 시슬란은 그들이 머무는 곳으로 자신을 안내하라고 말했다. 이들을 지휘하거나 통치하는 자라면, 예컨대 영주이거나 무리의 우두머리라면 그래도 조금 더 많은 것들을 알고 있으리라.

기가 죽은 사내들은 순순히 그의 말에 따랐다. 나중에 닥칠 후환보다는 눈앞에 있는 주먹이 두려운 까닭이었다.

비루한 몰골의 다섯 남자를 앞세우고 시슬란은 산속으로 들어갔다.

그리고 한 시간쯤 후, 계곡 깊숙한 곳, 거기서도 한참을 들어간 곳의 토굴에 웅크리고 있는 작은 부락을 발견할 수 있었다.

2

부락은 사내들의 비루한 행색만큼이나 초라한 모습이었다. 아니, 사실 그건 차마 부락이라 부르기도 민망한 모습이었다.

좁은 계곡의 벽면에 자연적으로 난 여러 구멍들마다 거처가 마련되어 있었다. 토굴 하나가 제각각의 거주 공간인 셈이었다.

안쪽에 마른 풀을 깔고 입구에 나무판자를 세워 바람만 겨우 막은 구조였다.

그런 크고 작은 토굴 속에서 서넛씩 무리 지어 생활하는 사람이 모두 합쳐 약 50여 명.

토굴 안쪽에서 불안한 시선 수십 줄기가 날아들었다. 온몸을 검은 망토와 후드로 가린 채 다섯 사내를 앞세우고 나타난 시슬란을 향한 두려움 어린 시선이었다.

하지만 그들 대부분은 시슬란이 돌아보자 황급히 고개를 돌리거나 토굴 입구의 판자를 닫아 버렸다.

"이, 이곳입니다요."

이곳까지 그를 안내한 사내들이 눈치를 보며 고했다.

시슬란은 내심 안타까움에 혀만 찼다. 이곳에 있는 사람들의 행색이 너무나 비참한 탓이었다. 그가 보기에 이곳 사람들 대부분은 영양실조이거나 병을 지니고 있는 듯했다.

하지만 그걸 겉으로 내색하지는 않았다.

"그대들의 지도자는?"

자신의 용건을 해결하기 위해 질문을 던졌을 뿐이었다.

하지만 그는 사내들에게서 대답을 듣지 못했다.

대답은 다른 곳에서 날아왔다.

휘익, 짜악!

"아악!"

공기가 날카롭게 갈라지는 소리가 들린다 싶은 순간, 무언가 기다란 것이 휙 날아와 다섯 사내들 중의 하나를 후려쳤다.

사내의 등에서 피가 튀었다. 그가 비명을 지르며 앞으로 고꾸라졌다. 그러고도 고통에 바르르 떨며 몸을 둥글게 말았다.

"이 비루한 놈들! 내가 모르는 놈은 데리고 오지 말라고 했을 텐데?"

호통과 함께 나타난 이는 키가 2미터는 넘어갈 정도로 엄청난 덩치의 대머리 거한이었다.

그가 나타나자 시슬란을 이곳까지 안내했던 사내들이 즉각 바닥에 납죽 엎드렸다. 딱딱딱, 어찌나 심하게 떠는지 이빨 부딪치는 소리가 시슬란에게까지 들릴 정도였다.

하지만 대머리 거한의 인상은 풀어지지 않았다.

그는 엎드린 사내들의 등을 계속 채찍으로 후려쳤다.

"이 쓸모없는 놈들이! 사냥을 해오랬더니 누군지도 모르는 놈을 데려와? 엉?"

촤악! 촤아악!

엎드린 사내들을 향해 채찍의 벼락이 떨어졌다. 넝마에 가까운 그들의 옷은 채찍질의 고통을 감소시키는 데 아무런 도움이 되지 않았다.

순식간에 옷이 찢어지고 피부가 갈라졌다. 피가 튀고 애원과 비명이 함께 쏟아졌다.

"죄, 죄송합니다요! 제, 제발 자비를!"

"아악! 하지만 저희도 어쩔 수 없이……!"

"닥쳐!"

빠악!

대머리 거한은 자신의 다리를 잡고 애원하는 사내의 머리통을 공 차듯 걷어차 버렸다.

맞은 사내는 단박에 기절.

그러고도 대머리 거한은 기절한 사내를 콱 밟아 버렸다. 와지끈, 밟힌 곳에서 불길한 소리가 났다.

다행히도 사내는 기절한 상태라 고통을 느끼지 못하는 것 같았다.

그때였다.

"그만하지."

조용한 목소리.

대머리 거한의 발이 절로 멈추었다. 그는 마침 가련한 사내의 목을 짓밟으려던 참이었다. 아예 목숨을 끊으려고 했던 것이다.

멈칫한 대머리 거한이 그제야 시슬란을 돌아보았다.

"너, 뭐라고 했냐?"

"그만하라고 했다."

"뭐?"

"이들이 죽어야 할 만큼 잘못한 게 있는 건가?"

"하? 하하하하하!"

입술을 실룩거리던 대머리 거한이 급기야 폭소를 터뜨렸다. 그는 웃음을 참지 못하면서도 시슬란을 향해 삿대질했다.

"너 이 자식, 지금 분위기 파악이 안 되는구먼. 응?"

"……."

"넌 내가 누군지나 알고 이곳에 온 거냐? 응? 말해 봐라. 혹시, 내 군벌에 가입할 생각으로 온 거냐?"

"군벌?"

"그래."

대머리 거한의 말이 이어졌다.

"내가 바로 여기 이 계곡을 장악하고 있는 군벌의 대장, 힉스 대왕님이시다. 알겠어? 대왕이라고. 이곳에선 내가 율법이고 섭리야. 모두가 나의 보호 아래에서 생활하며 그 대가로 사냥과 노동, 경계의 임무를 수행한다. 알겠냐?"

그의 우쭐거림 섞인 말을 듣던 시슬란은 대답 없이 계곡을 한 바퀴 휘휘 둘러보았다.

"장악? 이 계곡을?"

그리고 피식.

"아무리 봐도 이건 장악이 아니라 그냥 '주거'라고 말해야 할 것 같은데. 아, 그도 아니면 노숙?"

"뭐, 뭐라고?"

대머리 거한, 힉스의 이마에 실핏줄이 불끈 섰다.

사실 그는 미르바트 공국의 하급 군관이었다.

하지만 6년 전 광마병들의 난동으로 공국이 무너진 뒤, 그 역시 방랑자가 되었다.

그래도 그에게는 나름의 무력이 있었다. 덕분에 이곳까지 살아서 흘러올 수 있었고, 유랑민이 된 농민들을 이끌고 다닐 수 있었다.

물론 그는 지금도 자신의 무력을 믿었다.

그래서 곧장 채찍을 치켜들었다.

"이 비리비리한 놈이!"

쐐아악!

채찍이 공기를 갈랐다.

힉스의 입가에 잔인한 미소가 피어올랐다.

그는 새로 온 이 후드 쓴 놈을 반쯤 죽도록 두들긴 뒤에 부하로 삼아야겠다고 생각하고 있었다.

그가 보기에 시슬란은 몸도 멀쩡하고 자신만큼은 아니지만 힘도 제법 쓸 것같이 보였다. 말투가 건방진 건 마음에 안 들지만 머리도 좋아 보였다.

이런 놈은 길들이기가 어려워서 그렇지, 한번 수하로 삼으면 두고두고 도움이 된다.

힉스는 그렇게 판단했다.

적은 솔라리스를 오연히 활보하고 있는 광마병들만이 아니었다. 어떤 의미에선 살아남은 다른 인간들이 더욱 무서운 적이었다.

지금도 각지의 큰 군벌들, 그리고 이곳과 같은 작은 패거리들은 살아남기 위해 서로를 침략하기를 주저하지 않았다. 모두가 빌어먹을 생존을 위해서였다.

'크하하! 그러니까 난 끝까지 살아남아 다른 군벌들을 집어삼켜서 왕, 아니, 대왕이 될 테다!'

무리의 수를 불려 언젠가 광마병들을 모두 처치하고 왕국을 세워 왕이 되는 것, 그게 힉스가 지닌 소박한(?) 이상향이었다.

하지만 지금 이 순간, 그의 장래 희망은 섣부른 채찍질 한 번에 완전히 거품이 되어 사라질 위기에 처하고 있었다.

좌락!

기세 좋게 공기를 찢으며 날아가던 그의 채찍은 시슬란이 들어 올린 팔뚝에 깔끔하게 휘감겼다. 하지만 그의 팔에는 작은 생채기조차 나지 않았다.

힉스는 그때 눈치를 챘어야 했다.

자신이 누굴 건드린 것인지를.

"허! 막아? 이놈 보게?"

그는 채찍을 끌어당겼다.

시슬란이 바닥에 엎어지면, 그때부터 자근자근 밟아 줄 생각이었다.

그런데.

"음?"

시슬란은 꿈쩍도 하지 않았다.

"아, 이 자식 봐라? 비리비리해 보이는 놈이 보기보단 힘 좀 쓰는구먼?"

힉스는 혀로 입술을 핥으며 다시 한 번 채찍을 콱 끌어당겼다. 겉으로는 웃고 있었지만 아까보다 훨씬 더 많은 힘을 썼다.

하지만 여전히.

"어?"

상대는 꿈쩍도 하지 않는다.

게다가 시슬란은 너무나 태연하고 평온한 얼굴로 힉스의 얼굴과 계곡의 다른 사람들의 얼굴을 번갈아 살피고 있었다.

아까는 판자로 토굴을 가리고 숨었던 이들이 어느새 모두 고개를 내밀고 있다. 힉스와 시슬란의 실랑이가 이상한 방향으로 흐르고 있었기 때문이다.

덕분에 시슬란은 그들의 면면을 모두 살필 수 있었다.

눈은 퀭하고, 광대뼈는 툭 불거지고, 못 먹은 피부는 거칠거칠.

반면 힉스의 모습은 달랐다.

힉스는 어찌나 잘 먹었는지 피부에 윤기가 흘렀고, 근육도 살도 탱탱한 상태였다. 한마디로 사람들을 혹사시켜 자기 배만 실컷 불려 왔다는 뜻이다.

어느새 힉스를 보는 시슬란의 눈동자에서 온기가 사라졌다.

"이제부터 내가 묻는 말에 만족스러운 대답을 들려준다면 그대는 조금 덜 참혹해질 수 있을 것이다."

"뭐?"

"제국 수도의 유민들이 어디로 흘러갔는지 알고 있는가?"

"무, 무슨 소리야?"

"혹은 그들의 행방을 알 만한 사람을 알고 있는가?"

"대체 무슨 소리냐고! 뒈져, X발!"

힉스는 거기서 멈추었어야 했다.

하지만 그는 그러지 않았다.

계속해서 당겨도 꿈쩍도 하지 않는 시슬란.

그 모습에 당황하던 힉스가 반대편 손으로 허리춤의 단검을 뽑았다. 그리고 서슴없이 시슬란의 목을 향해 단검을 그어 올렸다.

그게 끝.

힉스의 마지막이었다.

"……!"

깊게 눌러쓴 검은 후드 아래 주홍빛 시선과 눈이 마주친 순간, 이미 힉스의 심장은 멎어 있었다.

3

"헉! 주, 죽었어."

"정말이야?"

계곡의 사람들이 쓰러진 힉스 주변으로 몰려들었다. 그들은 믿기지 않는 눈길로 힉스의 죽음을 확인했다.

쓰러져 있는 힉스는 죽은 사람이 아닌 것 같았다.

상처는커녕 어디 하나 흔한 멍 자국도 없었다. 칼을 그어 올리다가 '억!' 소리를 내고는 콰당! 그리곤 그대로 숨이 끊어진 것이다.

"그 천하의 힉스가 죽다니……."

사람들의 기쁨 어린 시선이 시슬란에게로 모여들었다.

"가, 감사합니다!"

"이런 은혜를……. 흐흑!"

폭군 힉스는 도망자를 그냥 두지 않았다. 누군가가 도망을 치면 화풀이로 남은 누군가를 죽였다.

계곡의 사람들은 순박했다. 비록 비루하긴 했으나 자신만 살자고 함께 살던 누군가를 죽게 만들 위인들이 못 되었다. 그래서 힉스의 폭력 아래 신음하면서도 반항을 못 했고, 도망도 못 치고 있었다.

그런데 그랬던 폭군이 사라졌다.

하지만 정작 그 폭군을 제거한 시슬란은 눌러쓴 후드 아래로 찜찜한 표정을 짓고 있었다.

물론 사람들은 그 표정을 보지 못했다.

"내가 죽인 게 아니다."

그는 팔에 감긴 채찍을 풀어내며 천천히 말했다.

"그냥 넘어져서 저 혼자 죽은 거다. 오해는 말도록."

그리고 즉각 돌아섰다.

동료, 친구들에 대한 행방을 물어보고자 했는데 이상한 짓만 벌이고 말았다.

이제 이곳에 더 이상의 용건은 없었다.

그래서 가려고 했다.

그런데.

"고, 고맙습니다요……."

아까 힉스에게 밟혔던 사내가 간신히 정신을 차리고 말했다.

문득 시슬란의 걸음이 멎더니 쓰러진 채 고맙다고 말하는 사내를 내려다보았다.

깨진 머리에서는 피가 줄줄 흐르고, 부러진 다리는 어린애가 놀다가 버린 나뭇가지처럼 비참하게 꺾여 있었다. 게다가 맞을 때 갈빗대를 다쳤는지 숨소리도 이상했다.

콧구멍으로는 피거품이 부글부글. 안색도 심상치 않다. 이대로 두면 며칠 안에 죽을 것이 확실했다.

시슬란은 새삼 계곡의 사람들을 다시 둘러보았다.

꾀죄죄한 모습들.

영양실조.

죽음과 그리 멀지 않은 곳에 서 있음이 뚜렷해 보이는 이들이었다.

적어도 시슬란에게는 그들의 몸을 이루고 있는 근원적인 기운, 진혼이 보였다. 그들의 진혼은 희미해져 있고, 그림자는 힘이 없다. 한마디로 생명력이 꺼져 가고 있는 상태였다.

그런데도 그를 잡는 사람이 없다.

도와 달라고, 먹을 것을 달라고 하는 사람도 없다.

그냥 고맙다고 고개를 숙이고 있을 뿐이었다.

그게 시슬란의 기분을 이상하게 만들었다.

'왜?'

가슴이 뻐근해지는 걸까.

차마 걸음을 뗄 수 없게 만드는 걸까.

그때였다.

꼬르르르륵!

돌연 시슬란의 배에서 길고도 우렁찬 소리가 퍼져 나왔다. 후드로 가린 그의 얼굴이 붉게 물들었다.

"크흠흠! 배가 고프니 먹을 것이 필요할 것 같군."

그는 종종걸음으로 황급히 계곡을 빠져나갔다.

4

시슬란이 다시 계곡으로 돌아온 것은 불과 반 시간 정도가 지났을 무렵이었다.

그는 돌아온 자신을 보며 어리둥절해하는 사람들의 시선을 받으며 망토 속에서 무언가를 꺼냈다.

순간 계곡 사람들의 눈이 휘둥그레졌다.

"우, 우아! 토끼다!"

그가 내민 것은 축 늘어진 산토끼 한 마리였다.

그런데 그게 끝이 아니었다.

그의 손이 망토 속을 들락거릴 때마다 어김없이 토끼가 한 마리씩 계속해서 나왔다.

그렇게 그가 꺼낸 토끼는 자그마치 서른여섯 마리.

마치 망토 안에 보이지 않는 엄청나게 넓은 공간이 있는 듯한 모습에 사람들이 경외의 시선을 보내왔다.

"오…… 오오! 이분은 고매한 마법사셨어!"

"이런 기적이 있나!"

사람들은 생전 처음 보는 광경에 눈물을 흘리기까지 했다. 대마법사가 일으키는 상전벽해의 진풍경을 보아도 이리 감격할까 싶은 모습들.

그들은 시슬란이 건네준 토끼를 황급히 손질하여 불에 구웠다.

간단한 소금이나 양념조차 없었다.

그래도 사람들은 뼈다귀에 붙은 살점을 열심히 발라먹으면서 시슬란에게 계속해서 고개를 숙이고 고맙다는 눈짓을 보냈다.

"저기, 이것 좀 드세요."

어린 소년 하나가 시슬란에게 토끼 고기를 가져왔다. 개중에 가장 살점이 많은 먹음직한 부위였다.

하지만 시슬란은 가만히 고개를 저었다.

"괜찮다."

"하지만 저희들만 어떻게……."

"난 이게 더 좋다."

그는 계곡 한쪽에 앉아 사냥 도중에 채집한 과일로 끼니를 때우는 중이었다. 사실 육식을 하지 않는 그이기에 이 정도면 정말로 충분했다.

그런데 그게 계곡 사람들의 심금을 울렸다.

"흐, 흐흑……! 궁핍한 저희들에게 한 조각이라도 더 먹이기 위해 일부러 고기를 마다하시다니……."

"고맙습니다. 정말로 고맙습니다. 훌쩍!"

그랬다.

이 시점에서 계곡 사람들은 이미 심각한 오해를 하고 있었다.

시슬란이 채식주의자라는 것을 상상조차 못 한 계곡 사람들은 투철한 희생정신을 지닌 인물로 그를 정의 내렸다. 그리고 무한한 존경심을 품었다.

처음에는 시커먼 후드를 쓰고 있어서 무서운 사람인 줄 알았는데, 알고 보니 자상한 모습에 더욱 감격했다.

그러한 계곡 사람들의 오해는 시슬란의 다음 행동으로 인해 더욱 굳어져 버렸다.

"상처를 좀 보도록 하지."

그는 힉스에게 맞았던 사내들의 상처를 돌봤다. 지금의 그에게는 불가능한 일이 아니었다.

채찍에 맞아서 찢어진 등의 상처.

그들의 진혼에도 육신과 똑같은 상처가 생겨나 있었다.

시슬란은 그들의 진혼을 직접 어루만졌다.

진혼의 상처를 봉합하자 자연히 육신의 상처도 급속도로 아물었다. 물질은 근원적 기운인 진혼의 상태를 따라가기 때문이다.

순식간에 아무는 상처.

구경하던 사람들의 눈이 휘둥그레졌다.

"오, 오오오!"

"뭐야! 대체 뭐지?"

물론 구경하던 사람들보다 치료를 받은 당사자들이 더 놀랐다.

그들은 자신들의 상처가 말끔히 사라진 것을 알고 경악에 가까운 충격을 느꼈다. 특히 힉스에게 밟혀서 정강이가 부러지고 머리가 깨졌던 사내는 아예 시슬란을 향해 넙죽 엎드리기까지 했다.

"고, 고맙습니다!"

"고맙다니, 뭐가?"

반문하는 시슬란의 호흡은 아주 약간 거칠어져 있었다.

수시아와의 대결에서 죽음을 맞으며 깨달은 근원적 기운, 진혼.

그 진혼을 만져서 사람을 고친 것은 처음이었다. 생각보다 쉽고 효과 만점이었지만, 체력과 정신력에 경미한 소모를 가져왔다.

역시 세상에 공짜란 없는 법이다.

엎드린 사내 역시 시슬란의 숨소리를 들었다.

그는 더욱 감격했다.

"사실 처음 뵈었을 때 저희가 무기도 겨누고, 못할 말도 하고, 그렇게 참 못되게 굴었는데도 이렇게 잘해 주시고 희생도 마다치 않으시니…… 뭐라 고맙다는 말씀을 드려야 할지 모르겠습니다요. 흐흑……!"

"앞으로는 그런 짓 안 하겠습니다요!"

처음 엎드린 사내를 따라 다른 이들도 하나씩 납죽납죽 엎드리기 시작했다.

급기야 계곡 사람들 모두가 시슬란을 향해 엎드렸다.

하지만 그들의 엎드림은 공포가 아닌, 존경을 표현하기 위한 몸짓이었다.

어느새 50명 남짓한 계곡 사람들에게 시슬란은 '성자님'이 되어 버리고 있었다.

5

성자(?) 시슬란은 원래 하룻밤만 계곡에 머물다가 떠날 생각이었다.

그런데 의외의 사실이 그의 생각을 바꾸었다.

이곳 계곡에 있는 이들에게서 생각 외로 다양한 정보를 들을 수 있었기 때문이다.

그들은 시슬란에게 도움이 되고자 각기 자신들이 아는 바를 나름대로 이야기해 주었다.

"광마병 말입니까요? 아, 그 꼭두각시처럼 움직이던 무시무시한 괴물들 말입니까요? 무서운 놈들입죠. 놈들에게 걸리면 끝입니다요. 죽거나, 어딘가로 끌려갑지요. 끌려간 자들이 어떻게 되었는지는 아무도 모릅니다. 끌려갔다가 돌아온 사람이 아무도 없으니 당연한 일이긴 합니다만, 끌려가면 무슨 꼴을 당하고 죽을는지…… 생각만 해도 소름이 돋습니다요."

이런 정보가 있는가 하면,

"저는 원래 미르바트가 아닌 안도라 왕국 출신입니다. 하급 관리였죠. 그래서 그나마 전체적인 정세를 조금은 파악하고 있었습니다. 남아 있는 나라요? 없습니다. 잠깐 패권을 거머쥐나 싶었던 제국도, 제국이 무너지자 다시 옛 영광을 되찾겠다고 일어섰던 왕국들 중 서부의 토르, 윈덤, 팔마스, 야크라, 안도라, 미르바트 공국, 아라트 연합…… 모두 얼마 버티지 못하고 전부 무너졌습니다. 대신 지금은 각지에서 군벌들이 날뛰고 있지요. 각기 대의명분을 내세우고는 있지만 글쎄요, 그들 대부분은 그냥 광마병들의 습격에서 살아남기 위해 뭉쳐서 전전긍긍하거나, 다른 사람들을 치고 빼앗고 죽이는 산적 집단에 불과할 겁니다."

그 밖에도 계곡 사람들에게서 들은 정보는 많았다. 하나하나는 별것 아닌 것들이었지만 그것들을 하나로 모으자 의외로 대략적인 정세를 파악할 수 있을 정도가 되었다.

"흐음……."

시슬란이 종합한 그들의 이야기는 충격적인 것이었다.

그가 잠들어 있던 6년 사이, 이미 솔라리스 대륙에 제국이나 왕국 등의 국가는 하나도 남아 있지 않았다. 대신 몰락 왕국의 정규군이나 영주들의 잔당이 무장 세력화되어 각지에서 활동하는 중이었다.

물론 그들 중에는 정통 왕국의 후계자가 이끄는 거대 세력, 이른바 군벌도 있었다. 하지만 대부분은 정통성을 상실한 채 생존에만 급급해 있는 상황이라 봐도 무방했다.

모두가 광마병 때문이었다.

지금 활동하는 어떤 무장 세력이나 군벌도 광마병들과 정면으로 붙어선 생존을 장담하기 어려웠다. 한두 번의 습격이야 어떻게 막아 낸다손 치더라도 그다음은 불가능하리라.

원래 인간보다 훨씬 강력한 광마병이다.

게다가 그들의 숫자는 끔찍할 정도로 불어나 있었다.

아무리 강력한 군벌이라 해도 병력 보충이 되지 않는 이상 광마병 군대와의 지속적인 전투에서 버텨 낼 방도가 없는 셈이었다.

하지만 시슬란은 거기에서 한 가지 의문을 느꼈다.

'어째서 광마병들만 움직이고 있는 걸까.'

6년 전의 싸움을 떠올리자면, 광마병은 적들의 전력 가운데 잡졸에 불과했다. 물론 숫자가 많아 운용하기 편리하긴 하지만 일정 이상의 위력을 낼 수는 없다. 광마대제 같은 강자가 작정하고 버티면 아무리 많은 광마병이라 해도 무용지물이었기 때문이다.

'거물들이 움직이지 않는 점이 수상해. 이유가 뭐지?'

그가 정신을 잃고 지낸 세월이 자그마치 6년이었다.

만일 그동안 수시아나 배신한 교황 등이 작정하고 움직였다면 이미 살아남은 인간은 거의 없었을 것이다.

그러나 지금도 인간들은 생각보다 많이 살아남아 있었고, 나름 작은 규모였으나 조직적으로 광마병들에게 저항하고 있었다.

언뜻 보면 희망적인 상황이랄 수도 있겠지만, 시슬란은 이 상황이 무척 작위적으로 보였다.

마치, 수시아 등이 인간들을 일부러 살려 두고 있는 듯한 인상을 받은 까닭이었다.

'어떤 이유가 있는 걸까?'

하지만 거기까지 알 방법은 현재로선 없었다.

그저 자신이 잠든 사이에 최악의 사태가 벌어지지 않은 게 다행일 뿐이었다.

그렇듯 많은 것을 알게 된 시슬란이었지만 정작 제국 수도 유민들의 행방은 들을 수 없었다. 야니카와 아리안, 베르디스 등이 어디로 갔는지, 무사한지조차 알 수 없었다.

어쨌건 그런 아쉬움을 뒤로하고 시슬란은 사람들에게 더 많은 이야기를 듣고자 계곡에 며칠 더 머물렀다. 그러는 동안 몸이 아픈 사람들의 진혼을 어루만지며 치료를 병행했다.

그러는 한편, 그는 먹을거리도 풍성하게 구해 왔다.

대륙 전체의 인구가 급감한 덕일까.

산에는 야생동물들이 그야말로 지천으로 널려 있었다. 덕분에 사냥은 어렵지 않았다. 게다가 그가 지닌 능력까지 감안하자면 시슬란에게 있어 사냥이란 장터에서 물건 고르듯 손쉬운 일이었다.

토끼, 멧돼지, 고라니, 구렁이, 곰, 꿩, 디저트로 민물 가재까지 그는 종류를 가리지 않았고, 곧바로 산의 야생 생태계의 최강 군림자로 등극했다.

덕분에 계곡 사람들의 건강 상태는 날이 갈수록 호전되었다. 앙상하던 팔다리에는 살이 붙었고, 퀭하던 눈에는 생기가 돌아왔다.

그렇듯 계곡 사람들이 날마다 고기 잔치를 벌이는 동안에도 정작 시슬란은 여전히 과일과 풀 쪼가리만 먹었다. 물론 그는 원래 자신의 식성대로 먹은 것이었다.

하지만 그걸 모르는 계곡 사람들의 그를 향한 존경심은 날이 갈수록 드높아졌다.

그들은 여전히 시슬란을 오해하고 있었다.

자신들에게 고기를 한 점이라도 더 먹이기 위해 일부러 육식을 마다하고 있는 것이라고 말이다.

게다가 시슬란이 미주알고주알 자신의 입장이나 사정을 밝히는 성격이 아니라 침묵을 지키고 있다 보니 계곡 부락민들의 오해는 날이 갈수록 더 확고한 사실로 못 박히게 되었다.

덕분에 음침했던 계곡은 날이 갈수록 조금씩 따사롭고 밝은 공간으로 바뀌고 있었다. 사람들의 입가에도 미소가 살아났다.

하지만 그런 변화는 계곡 외의 인물들에겐 금방 눈에 띄는 것이었다. 특히, 계곡의 폭군이었던 힉스에게서 정기적으로 상납품을 받던 패거리의 인물들에게는 더더욱 그러했다.

원래 이날은 시슬란이 계곡을 떠나기로 마음먹은 날이었

다. 그래서 다른 때보다 더욱 많은 사냥감을 계곡 사람들에게 남겨야겠다고 생각한 날이기도 했다. 그 탓에 그의 사냥 시간은 평소보다 훨씬 길었다. 또한, 그는 평소보다 더욱 먼 곳으로 나갔다.

일은 시슬란이 사냥을 나가서 계곡을 비운 동안에 벌어졌다.

3장.

마테온으로

1

“형님, 무슨 일이오?”

“쉿.”

서른 명 남짓한 무리의 남자들이 계곡 위에 몸을 숨긴 채 아래를 염탐하고 있었다. 그들 모두는 등에 방패를 메고 있었고, 각기 두툼한 숏 소드나 손도끼 등으로 무장을 갖추고 있었다.

그중에서 가죽 갑옷까지 갖춰 입은 사내가 무리를 둘러보며 눈을 빛냈다.

“힉스가 보이지 않는다.”

“뭐요?”

"그게 사실이오?"

"닥쳐. 목소리들 낮춰."

우두머리로 보이는 가죽 갑옷의 사내가 낮게 윽박지르자 모두가 입을 다물었다.

가죽 갑옷이 중얼거렸다.

"뭔가 이상해……. 힉스가 보이지 않는 건 둘째 치고, 분위기가 이상해. 원래 저랬었나?"

"내가 봐도 뭔가 다른 것 같수, 형님. 저놈들, 원래 저렇게 탱탱하게 살집이 있었수? 게다가 웃기까지 하네? 저것들이 미쳤나!"

"그래, 전에 왔을 때만 해도 한 대 치면 죽을 것같이 비쩍 마른 놈들이었는데 말이야. 잠깐, 혹시 힉스한테 무슨 일이 생긴 거 아닐까?"

가죽 갑옷의 눈이 음침하게 빛나더니 곧 지시를 내렸다.

"내려가서 확인해 보자."

그들은 곧바로 완만한 비탈을 통해 계곡으로 내려갔다.

서른 명의 무장을 갖춘 사내들이 나타나자 한창 고기를 말려 육포를 만들고 있던 계곡 사람들이 눈을 부릅떴다.

"헉! 누, 누구요?"

"누구냐고?"

가죽 갑옷의 입가에 웃음이 걸렸다.

"허허, 이놈들 봐라? 겨우 한 달 안 봤다고 얼굴을 까먹어? 아 참! 내 정신 좀 봐라. 네놈들은 날 직접 본 적이 없지?"

그는 벙글벙글 웃으며 계곡 사람의 손에 들린 육포를 순식간에 낚아챘다.

질겅질겅, 그가 웃으며 물었다.

"야, 힉스는 어디 있냐?"

"……."

아무도 대답하지 않았다.

"힉스 그놈, 어디 있냐고. 내 말이 안 들려? 엉?"

질겅질겅.

어느새 웃음은 그쳤다.

공기가 싸늘하게 가라앉았다.

"이놈들이 꼭 피를 봐야 말을 듣나……."

사내의 짜증 섞인 중얼거림.

그리고 촤악!

"꺄아악!"

웃음 그친 계곡에 비명이 날았다.

가죽 갑옷의 사내는 비명을 지르며 혼비백산 물러나는 계곡 사람들을 바라보며 씨익 웃었다. 그리고 방금 자신이 베어 버린 시신의 옷에 칼을 슥슥 문질렀다. 벌건 피가 닦이며 새파란 칼날이 드러났다.

"다시 묻겠다. 힉스는 어디에 있나?"

"저, 저…… 이 계곡에 살던 힉스라면…… 덩치 큰 힉스 말씀이십니까요?"

"그래. 한 번만 더 반문하면 너도 벤다."

"그, 그…… 힉스는…… 주, 죽었습니다요."

"뭐?"

가죽 갑옷의 눈썹이 확 올라갔다.

"힉스가 죽어?"

"예, 예……."

"어떻게 죽었냐?"

눈 한 번 깜빡이지 않고 자신을 빤히 바라보는 가죽 갑옷의 시선에 대답하던 계곡 남자는 더욱 공포에 질렸다.

하지만 거짓을 고했다간 무슨 날벼락이 떨어질지 모르는 일. 그는 최대한 솔직하게 고했다.

"넘어져서, 그냥, 주, 죽었습니다요."

"넘어져서?"

"예. 너, 넘어져서."

"그래?"

"네, 사실! 사실입니다요."

"으음, 그래. 그렇군."

가죽 갑옷이 고개를 끄덕였다. 납득했다는 투였다.

그리고 다음 순간, 섬광이 스컥!

대답하던 남자의 목이 날아갔다.

"지금 나보고 그걸 믿으라고?"

가죽 갑옷이 입가에 튄 피를 핥으며 이죽거렸다.

"이놈들 전부 끌어내!"

그의 명령은 절대적.

그를 따라온 사내들이 순식간에 계곡 사람들을 포위했다. 아직 상황을 파악하지 못하고 토굴 안에 남아 있던 사람들도 머리채가 잡혀 끌려 나왔다.

비명, 울음.

순식간에 계곡이 난리가 났다.

"형님, 어떻게 할 거요?"

계곡 사람들이 모조리 잡혀 와 무릎 꿇려졌다.

벌벌 떠는 그들을 보며 수하 하나가 물어 왔다.

자신이 베어 버린 사내의 머리통을 발끝으로 공 차듯 툭툭 건드리고 있던 가죽 갑옷이 잠시 고개를 갸웃거리더니 성의 없이 답했다.

"귀찮은데 다 죽일까?"

스윽.

계곡 사람들을 둘러싼 사내들의 숏 소드와 도끼가 슬쩍

올라갔다. 조용히 치솟는 살기. 하지만 이어진 가죽 갑옷의 말에 살기는 곧 가라앉았다.

"아니다. 여기서 몰살시켰다간 내가 혼나겠지? 일단 큰형님께 데리고 가자. 다 묶어. 감히 우리에게 협력하던 힉스를 죽인 놈들이다. 이들을 처분할 권리는 큰형님께 있는 법. 그때 가서 죽이든, 노예로 굴리든 마음대로 하자고. 크흐흣!"

"크하하하! 그거 좋습니다!"

사내들이 패악한 웃음을 흘리며 계곡 사람들을 굴비 엮듯 묶었다.

울음과 비명이 흐르고 날았다.

하지만 가죽 갑옷과 사내들은 전혀 개의치 않았다. 양심의 가책도 느끼지 않았다.

자신들에겐 힘이 있고, 계곡 사람들에겐 힘이 없다.

지금은 힘이 없는 게 죄인 시대다. 그러니 계곡 사람들은 죄인이다. 죽어도 아깝지 않은 가축이었다.

사내들은 그렇게 생각하며 계곡을 떠났다.

사람들이 모조리 잡혀가고 비워진 계곡은 시체 두 구만 굴러다니는 쓸쓸한 공간으로 변해 버렸다.

그리고 반나절 뒤, 시슬란이 돌아왔다.

툭, 데구루루.

떨어진 광주리에서 흘러나온 밤알이 바닥을 굴러가 엎어

져 있던 시신의 손에 부딪히며 멈췄다.

원래 이 알밤은 시슬란이 계곡 사람들에게 작별의 선물로 주기 위해 일부러 멀리까지 나가서 따온 것이었다.

그런데 이게 정말로 작별의 선물이 되어 버렸다. 아니, 저승길을 위로하는 제사 음식이 되어 버린 셈일까.

"……."

후드에 가려진 시슬란의 눈빛이 점점 차분하게 가라앉았다.

"대체 누가……."

그의 시선이 쉴 새 없이 움직여 계곡 곳곳에 남아 있는 수많은 흔적을 찾아냈다. 그럴수록 그의 시선은 더더욱 차분해졌고, 차갑게 가라앉아 갔다.

이 시점에서, 계곡 사람들을 잡아가고 있는 가죽 갑옷과 사내들은 결코 몰랐다. 힘이 있는 자신들이 저지른 행동이 더욱 힘이 있는, 아니, 항거할 수도 없을 정도의 적을 분노케 만들어 버렸음을.

시슬란은 남겨진 두 시신을 땅에 묻고 계곡을 나섰다. 그리고 곧장 흔적을 추적하기 시작했다.

2

밤이 깊고 실낱처럼 날카로운 달이 구름에 가려졌다.

그 아래 어느 외딴 해변, 목책을 두른 요새가 있었다.

그리고 그 안에선 술판이 한창 벌어졌다.

"크하하하! 저놈 좀 데리고 와봐라."

두목으로 보이는 자는 계곡에 살던 힉스보다도 머리 하나가 더 큰 거한이었다.

그가 술에 취해 혀 꼬인 소리를 지르자 부하들이 즉각 움직였다.

그들이 데려온 것은 덩치가 작은 소년이었다.

"크흐흐, 그놈 참 앙큼하게 생겼구먼."

거한은 오늘 수하들이 계곡에서 잡아 온 가축들이 참 마음에 들었다. 그는 앞으로 그 가축들을 계속 굴려 먹을 궁리를 했다.

물론 지금 품에 안긴 소년만 빼고.

"넌 내가 매일 귀여워해 주마. 클클."

"으으……."

그의 품에 강제로 안긴 소년은 온몸을 사시나무처럼 떨었다. 자신의 목덜미를 핥으려 혀를 내밀고 지분거리는 거한의 모습에 소름이 돋았다.

소년이 속으로 절규하며 애타게 신을 불렀다.

하지만 신은 응답하지 않았다.

광란의 잔치는 요새 전체에서 벌어지고 있었다.

거한의 수하들은 저마다 술잔을 부딪치며 낄낄댔다. 그들은 잡아 온 남자들을 일부러 싸우게 만들고, 승패에 내기를 걸었다.

지는 쪽은 거한의 수하들에게 곤죽이 되도록 맞았다.

그 밖에도 그들은 온갖 잔혹한 짓거리를 벌였다.

그러던 어느 순간이었다.

구름에 가려졌던 달이 모습을 드러냈다.

샤아아…….

"음?"

소년을 품에 안은 채 술잔을 비우려던 거한이 멈칫했다. 잠깐이지만 이상한 기분이 든 탓이었다.

소름? 오한?

어쨌건 그런 종류의 감각이었다.

"에이, 니미."

그는 으슬으슬한 기분을 떨치려 일부러 욕설을 내뱉고는 손에 든 잔을 입으로 가져갔다.

그런데 잔을 기울였음에도 술이 목구멍으로 넘어오질 않았다. 거한은 게슴츠레한 눈동자에 힘을 주다 히죽 웃었다.

술잔이 사라져 있었다.

"젠장, 내 잔 어디 갔어?"

하지만 그의 물음에 대답하는 수하는 아무도 없었다.

이상하게 생각한 거한이 주위를 둘러보았다.

"뭐……야?"

수하들은 모두 조용해진 채 굳어 있었다.

개중에는 마시던 술잔을 떨어뜨린 자도 있었고, 누군가의 멱살을 쥐던 자세 그대로 멈춰 버린 자도 있었다.

하지만 그들이 죽은 것은 아니었다.

그들 모두는 완전히 혼백이 빠져 버린 듯 멍하니 한쪽만 바라보고 있었다.

거한의 시선이 다시 움직였다.

그리고 보았다.

철썩, 철썩…….

저 멀리 파도치는 해안의 아름다운 풍광이 보였다. 참 아름다운 풍광이었다.

그놈의 빌어먹을 목책만 없으면 평소에도 저걸 요새 안에서 실컷 볼 수 있을 텐데……. 음?

거한이 눈을 부릅떴다.

그리고 그는 뒤늦게 깨달았다.

목책이…… 사라졌다!

"뭐, 뭐냐!"

소년을 팽개치며 자리에서 벌떡 일어난 그는 당황해서 주변을 둘러보았다.

사라진 것은 목책만이 아니었다. 목책과 이어진 요새 전체가 의식도 못 하는 사이에 사라졌다.

마치, 원래부터 아무것도 없었던 것처럼.

졸지에 해안가 우묵한 평지에서 노숙을 하는 모양새가 되어 버린 거한과 수하들. 그들은 요새가 삽시간에 사라진 이해할 수 없는 사태에 놀라며 분분히 무기를 들었다.

그러다가 보았다.

저벅저벅…….

저 멀리, 달빛 아래서 누군가가 걸어오고 있었다.

눌러쓴 검은 후드 탓에 얼굴은 알아볼 수 없었다. 하지만 그가 이곳에 무언가 목적을 가지고 오고 있다는 것은 확실했다.

그리고 모두는 직감적으로 느낄 수 있었다.

요새가 사라진 지금의 사태와 저 후드의 사내가 무관하지 않다는 것을.

저벅저벅…….

후드를 쓴 시슬란이 그들을 향해 한 발, 한 발 다가왔다.

긴장해 있던 거한의 수하들, 그중에서도 가죽 갑옷이 가장 먼저 나서며 칼을 뽑았다.

"이 자식이 뒈지려고!"

쒸익!

시슬란의 목을 향해 칼이 떨어졌다.

하지만 시슬란은 그걸 피하지 않았다.

그냥 가만히 고개를 돌려 가죽 갑옷의 사내를 돌아보았을 뿐이었다.

그리고…… 사내가 사라졌다.

"……!"

모두가 눈을 부릅떴다. 그다음에 눈두덩을 거칠게 비볐다. 하지만 사라진 가죽 갑옷 사내는 어디에도 보이지 않았다.

시슬란의 걸음은 멈추지 않았다.

저벅저벅…….

무형의 압박감이 시슬란에게서 올올이 피어났다.

근처의 사내들이 서로 시선을 교환하더니 일시에 칼과 도끼를 치켜세우고 달려들었다.

그리고 다시…… 그들도 사라졌다.

마치 원래부터 없었던 것처럼.

그다음부턴 아무도 시슬란을 향해 달려들지 않았다.

어느새 시슬란은 거한의 바로 앞까지 다다랐다.

"허……허!"

몇 번 숨을 몰아쉬던 거한은 이를 질끈 깨물었다.

"이 비리비리한 놈이 알량한 눈속임을 믿고 어딜 감히!"

그의 커다란 도끼가 번쩍 올라갔다.

시슬란이 고개를 들었다.

거한도 사라졌다.

불한당 패거리를 대하는 시슬란에게 자비란 없었다.

요새와 거한을 세상에서 '지워 버린' 그는 거한의 나머지 수하들도 빠짐없이 없애 버렸다.

덕분에 자유를 찾은 사람들의 숫자는 약 200명.

그들은 처음에는 얼떨떨한 표정으로 주변을 둘러보았다. 방금까지 있었던 광란의 잔치를 말해 주듯 술잔과 술병들이 사방을 굴러다니고 있었다. 그 밖에 버려진 무기와 집기들도 곳곳에 즐비했다.

하지만 그 물건들도 순식간에 사라졌다.

너무나 깔끔하게.

아예 처음부터 없었던 것처럼.

털썩.

한 사내가 시슬란을 향해 무릎을 꿇더니 엎드렸다.

그는 계곡에서부터 시슬란의 보살핌을 받아 온 사내였다. 덕분에 이 믿기지 않는 일들을 벌인 이가 시슬란이라는 사실을 누구보다도 빠르게 파악할 수 있었다.

그가 외쳤다.

"서, 성자님을 뵙습니다!"

그의 외침이 신호탄이 된 것처럼 사람들은 하나둘 시슬란을 향해 엎드려 경배하기 시작했다. 그리고 어느새 200여 명의 사람들 모두가 한목소리로 외쳤다.

"성자님을 뵙습니다!"

3

"난 성자가 아니다."

시슬란은 무겁게 고개를 저었다.

이 사람들은 자신을 단단히 오해하고 있었다.

하지만 그들은 막무가내였다.

원래 어려움에 처한 사람일수록 판단의 범위와 시야가 협소해진다. 그만큼 마음에 여유가 없기 때문이다.

이 난민들이 그랬다.

그들은 자신들이 보고 싶은 것만 보고, 듣고 싶은 것만 듣고 판단했다.

물론 누군가에게 기대고 의지하고 싶은 심리도 그런 판단에 단단히 한몫을 했다.

시슬란이 혀를 차며 말했다.

"어리석은. 내가 진짜 성자라면 그대들에게 닥친 이런 일들을 애초에 막을 수 있었겠지. 그렇지 않나? 나는 그저 그대들의 처지가 불쌍하고 불합리하다 생각하여 손을 쓴 것뿐이다. 그러니 앞으로는 그런 식으로 날 부르지 말도록. 그나저나 궁금한 점이 있다. 혹시 옛 제국 수도의 유민들이 어디에 있는지 아는 자가 있는가?"

별 기대 없이 물은 시슬란의 물음에 한 남자가 손을 번쩍 들었다.

"저, 소문으로 들은 게 있습니다."

사내는 잠깐 곰곰이 생각하다가 말했다.

"마테온이라는 곳에 말입니다, 사람들이 요새를 만들고 몇 년째 항전을 이어 가고 있다고……. 그런 소문을 들은 적이 있습니다."

"마테온?"

시슬란의 표정이 밝아졌다.

마테온.

예전 그가 마나 크리스털을 모으기 위해 솔라리스 곳곳을 돌아다니던 시절에 찾아낸 사막의 외딴 도시 이름이었다.

그곳에서 그는 마나 크리스털 하나를 얻고 가디언 아시우

트를 휘하에 두었다. 그리고 무엇보다도 더 큰 소득인, 허브 항구의 기틀이 될 오아시스를 발견했다. 솔라리스의 모든 물길을 하나로 이어 주어 순간 이동을 가능케 하는 놀라운 오아시스였다.

그곳이라면 몇 년을 버틸 여건이 된다.

요새화된 마테온이라면 가능했다.

겹겹이 포위를 당해도 그 공격들을 막아 낼 힘만 있다면, 어떤 장기전에도 물자가 떨어질 염려가 없다. 오아시스를 이용해 솔라리스의 어떤 곳에라도 진출했다 돌아올 수 있기 때문이다.

시슬란은 마테온의 이름을 듣는 것만으로 그런 추측을 할 수 있었고, 실제로 요새 도시 마테온이 버텨 온 방식이 바로 그것이었다.

비록 광마병들이 곳곳에서 설치고 있다고는 하지만, 솔라리스에는 아직 그들의 발길이 닿지 않은 곳이 의외로 많았다.

그중에서도 마테온의 사람들이 주목한 장소는 외딴 곳에 떨어진 수많은 무인도였다.

마법의 오아시스를 통해 물길을 이어 버리면 무인도쯤이야 얼마든지 오갈 수 있다. 그런 무인도들에 비밀 농장 수백 곳을 건설하고 주민들을 거주시켰다.

다만, 그럼에도 마테온만은 지킬 필요가 있었다. 그곳을 잃으면 무인도 간의 모든 물자와 사람의 교역이 끊어지기 때문이다.

그래서 섬에 정착시킨 주민 중에 병사들을 뽑아 마테온에 상주시켰고, 그들은 그럭저럭 풍족한 보급을 받는 정예병이 되었다.

거기에 광마대제를 따르던 대리석상 전사들과 베르디스, 제피를 비롯한 가디언들, 아리안, 야니카, 옛 제국과 수많은 왕국의 인재들이 하나로 뭉쳐 수비에 전념했다.

그러니 일반적인 광마병들의 포위 공격으로는 절대 뚫을 수 없는 철옹성의 요새가 탄생했고, 지금까지 마테온이 잘 버텨 올 수 있었다.

그곳에 있는 사람들이라면 아마도 아리안과 야니카 등일 가능성이 가장 높을 거라고 시슬란은 생각했다.

그러면 다른 곳을 찾아볼 이유가 없다.

곧바로 마테온으로 움직여야겠다고 시슬란이 생각을 굳혔을 무렵이었다.

"저기…… 이제 떠나실 생각입니까요?"

마테온의 소문을 전해 준 사내가 조심스럽게 물었다.

시슬란이 고개를 끄덕였다.

"그렇다."

"그럼 저희는 이제 어찌해야 할깝쇼……?"

"그대들 말인가?"

알아서 스스로 살아가라고 말하려던 시슬란은 멈칫했다. 스스로 살아갈 방법이 없다는 데에 생각이 미친 까닭이었다.

계곡에서 사람들과 얼마간 지내면서도 느꼈고, 오늘 이곳에 와서 더욱 절감했다.

지금 이 세상은 엉망이다.

힘이 없는 자에겐 지옥이나 똑같은 세상이 되었다.

이런 상황에서 이들을 이곳에 두고 떠난다면 대부분 얼마 못 가 누군가의 노예가 되거나, 비참한 죽음을 맞게 될 것이 확실했다.

그걸 모른다면 모르겠지만 그런 사실을 알면서도 이들을 그냥 두고 떠나는 것은 간접 살인이나 다름없었다.

그걸 깨달은 시슬란은 그들에게 말했다.

"그럼 함께 가도록 하지."

"저, 정말이십니까?"

사내의 눈에 감격과 불신이 교차했다.

기쁘지만 도저히 믿어지지 않는다는 기색이었다.

이곳에 있는 사람들의 숫자만 해도 200명이 넘었다. 이만한 숫자를 이끌고 먼 길을 가겠다는 말이 도무지 믿기지 않았다. 방금 시슬란에게 혼자 떠나겠느냐고 물었던 것도 사실

별 기대 없이 지푸라기라도 잡는 심정으로 던진 질문이었다.

그래서 아무런 기대도 하지 않았는데, 시슬란은 여기 있는 모두를 데려가겠노라 선뜻 말하는 게 아닌가.

"당신은 정말로 성자가 맞으십니다."

"아무리 아니라 말해도 정말입니다."

감격한 사람들 몇몇이 울음을 터뜨렸다.

시슬란은 쓴웃음을 짓고 말았다.

"별수 없군. 부르고 싶은 대로 부르도록. 그럼 가도록 하지."

샤아아아아…….

시슬란의 눈짓에 따라 달빛에 의해 바닥에 늘어져 있던 사람들의 그림자가 제멋대로 흐물거리더니 허공으로 일어섰다. 그리고 그림자가 자기 자신의 본체인 사람을 번쩍 안아 들었다.

"어? 어어어!"

"뭐야, 이건!"

깜짝 놀란 사람들이 그림자에 안기거나 들린 채로 버둥거렸다. 하지만 이어진 시슬란의 말에 모두 놀란 가슴을 가라앉혔다.

"그 그림자는 내 조종을 받으니 불안해하지 않아도 된다."

다른 사람도 아닌 성자님이 하시는 일이다.

게다가 그림자를 마음대로 움직인다니, 이런 건 마법으로도 듣도 보도 못한 일이었다.

시슬란에 대한 사람들의 존경심이 절대적으로 굳어지는 순간이었다.

시슬란의 쓴웃음도 더 진해졌다.

"다들 버둥거리지 말고. 출발이다."

샤아아아아!

시슬란과 그 뒤를 따르는 200여 명의 그림자, 거기에 안긴 200여 명의 사람이 바람을 가르며 서쪽으로 해안에서 멀어졌다.

그들의 모습은 금방 점이 되었다.

그리고 그들이 향한 방향에는 인류 최후의 요새 도시, 마테온이 있었다.

4

시슬란과 사람들은 꾸준히 마테온을 향해 이동했다.

그들의 속도는 어마어마했다. 시슬란이 작정하고 빨리 움직였고, 그림자들도 그 속도에 맞추어 움직인 덕분이었다.

보통의 준마로 하루를 꼬박 달려도 절대 움직일 수 없을 거리를 그들은 매일같이 주파했다.

그 과정에서 사람들은 놀라고 말았다.

그렇게 움직이면서도 시슬란은 지친 기색을 보이기는커녕 200여 명의 식량과 잠자리까지 넉넉하게 제공해 주었다.

대체 어디서 구해 오는 건지 시슬란이 잠시만 자리를 비웠다 돌아오면 사냥감이 그득했고, 그가 그림자로 만들어 주는 공간은 어떤 텐트보다 아늑했으며, 차가운 밤바람도 전혀 안쪽으로 닿지 않았다.

그렇듯 쾌적한 여건을 누리며 이동하길 열흘째였다.

일행은 마테온이 있는 사막의 초입까지 이동하였다.

그리고 그곳에서 시슬란은 의외의 사람과 조우했다.

커다란 도마뱀, 아니, 바실리스크를 타고 있는 소년과 장년의 사내였다.

그들은 한 무리의 광마병들에게 쫓기며 치열한 싸움을 벌이고 있었다.

"저쪽으로 가보도록 하지."

시슬란의 말에 사람들은 처음에는 두려운 기색을 드러냈다. 광마병은 그들에겐 사신이나 다름없는 존재였기 때문이다. 하지만 그 두려움보다 시슬란에 대한 믿음이 더 컸다.

시슬란은 그들을 모두 이끌고 싸움이 벌어지는 곳으로 갔다. 그리고 자신도 모르게 우뚝 멈추고 말았다.

"바실이?"

시슬란이 내뱉은 말에 한창 사납게 포효하던 바실리스크가 귀를 쫑긋 세웠다.

"으듀?"

그들의 정체는 바로 바실이와 이솔라, 바라카였다.

광마병 생산 시설을 빠져나와 이곳까지 도망쳐 온 그들은 마침내 시슬란과 마주친 것이다.

4장.

재회

1

"헉! 허억!"

"멈추지 마!"

이솔라와 바라카는 쫓기고 있었다.

처음 광마병 생산 시설을 빠져나왔을 땐 모든 위협으로부터 벗어난 줄 알았다.

하지만 그게 아니란 걸 깨닫기까진 반나절도 걸리지 않았다.

광마병들은 그들의 상상 이상으로 끈질겼다.

놈들은 당장 그날부터 이솔라와 바라카를 추격하기 시작했다.

게다가 더욱 고약한 점은, 놈들은 체력이 떨어지는 일 없이 계속해서 일정한 속도로 움직일 수 있다는 것이었다.

심지어 놈들은 잠도 자지 않았다.

반면 이솔라와 바라카, 바실이는 아무리 튼튼하고 체력이 좋다 해도 움직이다 보면 지치게 되고 쉴 수밖에 없었다.

최소한 토막 잠이라도 자야 하지 않겠는가.

그러다 보니 아무리 열심히 도망쳐도 광마병들과의 거리를 벌릴 수가 없었다.

아니, 사실은 잡히지 않는 것도 대견할 지경이었다.

하지만 그것도 시일이 지나며 점점 한계에 봉착했다.

최대한 잠과 휴식을 줄이고 움직인 탓에 점점 피로가 쌓인 까닭이었다.

결국, 셋은 극도로 지쳐 갔다.

지치니 주의력이 산만해졌고, 흔적을 지우며 움직이는 것도 자신들도 모르게 조금씩 소홀하게 되었다. 주변을 경계하는 것 역시 마찬가지였다. 당연한 이야기지만 매일 이동하는 거리도 점점 줄어들었다.

그런 모든 이유들이 겹친 까닭에 셋은 결국 사막의 초입에서 광마병들에게 덜미를 잡히고 말았다.

"틀렸어요. 더는 도망 못 가."

이솔라는 주변을 빼곡하게 포위한 광마병들을 보며 중얼

거렸다.

놈들의 숫자는 무려 300마리에 달했다.

지금 남은 체력으로는 이 포위망을 뚫을 수 있을지 자신할 수 없었다. 오히려 헛된 힘만 쓰다가 지리멸렬할 가능성이 훨씬 높아 보였다.

"그럼 버티자고? 이 숫자를 상대로?"

"그것도 안 되겠죠?"

"으듀!"

이솔라의 반문에 바실이가 고개를 끄덕였다.

돌파는 희박할지라도 실낱같은 가능성이 있지만, 여기서 버티는 건 아예 가능성이 없다. 다른 건 몰라도 그것만은 확실했다. 이렇게 지친 상태로 광마병 300마리를 어찌 상대한단 말인가.

"그럼 죽이 되든 밥이 되든 일단 해보죠."

"으듀듀!"

바실이가 몸을 웅크리고 돌진을 준비했다.

이솔라와 바라카 역시 각자의 무기를 꽉 움켜쥐고서 각오를 다졌다.

거친 모래바람이 불어왔다.

이솔라 일행과 광마병들 사이의 공간에 짙은 살기가 가득 피어올랐다.

광마병들이 기다란 손톱을 앞세우고 조심스럽게 간격을 좁혀 왔다. 놈들의 포위망이 점점 촘촘해졌다.

그 순간, 바실이의 돌격이 시작되었다.

"크아아아아앙!"

파파파파!

바실이가 폭발적으로 모래를 튀기며 선두의 광마병에게 박치기했다.

그 일격으로 광마병은 사지가 박살 나 저만치 튕겨 날아갔다.

그 빈자리를 다른 광마병이 재빨리 메웠다.

두 번째 놈도 몸통이 으스러졌다.

세 번째 놈이 앞을 막았다.

그놈도 몸이 직각으로 꺾여 쓰러졌다.

네 번째 놈은 팔이 으스러지고, 다섯 번째 놈은 무릎이 꺾였다. 여섯 번째 놈은 손톱이 부러졌고, 일곱 번째 놈은 뒤로 주르륵 밀려나며 무릎을 꿇었다.

그렇게 바실이의 돌격이 저지되었다.

하지만 바실이의 공격은 그게 다가 아니었다.

"크아앙!"

덥석!

앞을 막아선 광마병을 커다란 입으로 물어 버렸다.

광마병의 몸통이 단숨에 잘려 나갔다.

동시에 사방에서 광마병들의 공격이 시작되었다.

캬아아아악!

손톱을 검처럼 휘두르는 광마병들의 기세엔 짙은 살기가 배어 있었다.

하지만 그 정도로 위축될 바실이가 아니었다.

"크아아아앙!"

부우우웅! 퍼퍽! 콰직!

커다란 꼬리를 몽둥이처럼 후려치자 한 방에 다섯 마리의 광마병이 으스러져 날아갔다.

그리고 바실이의 여러 개의 다리가 제각기 날렵하게 움직이며 사방을 긁어 댔다.

덕분에 광마병들은 바실이에게 일정 거리 이상 접근하지 못했다. 그나마 바실이의 유일한 약점은 등이 있는 위쪽이었는데, 그걸 노리고 위쪽으로 뛰어 접근한 놈들도 이솔라와 바라카의 결사적인 방어에 가로막혔다.

처음에는 그렇게 잘 버티는가 싶었다.

하지만 얼마 가지 않아 한계가 찾아왔다.

만일 긴 시간 도주하면서 지친 상태가 아니었다면 기적적으로 포위망을 뚫을 수 있었을지도 모른다.

그러나 바실이도, 이솔라와 바라카도, 모두 너무나 지친 상태였다. 그 탓에 일행은 포위망을 반쯤 돌파하다가 지치고 말았다.

돌격력이 사라지자 광마병들에게 다시 둘러싸이는 건 순식간이었다.

"끝났군."

상황을 깨달은 바라카가 침통하게 중얼거렸다.

이솔라는 이를 질끈 깨물며 쇠막대를 움켜쥐었다.

바실이 역시 으르렁거리며 살기 띤 눈으로 광마병들을 노려보았다.

광마병들이 일제히 달려들었다.

이솔라 등은 최후를 직감하면서도 함성을 지르며 마주 돌진했다. 마지막의 마지막까지, 한 놈이라도 더 없애고 죽으리라 다짐하면서.

콰직! 콰지직! 파팍!

셋의 최후의 저항은 생각보다 격렬하고 독하며 끈질겼다. 하지만 점점 힘이 떨어지면서 셋의 몸에도 하나둘씩 상처가 새겨지기 시작했다.

"헉! 허억!"

"크으으으!"

"으듀듀!"

완전히 지쳐 버린 셋을 향해 광마병들이 슬금슬금 다가왔다. 그럼에도 셋은 이제 반격할 한 방울의 기력조차 남지 않은 상태였다.

"키아아악!"

광마병이 달려들어 이솔라의 목을 향해 손톱을 찔러 왔다. 평소 같으면 어찌 반응할 수 있을 속도이건만, 이미 이솔라에겐 손가락 하나 까딱할 힘도 남아 있지 않았다. 다만, 목전까지 다가온 죽음을 멍하니 응시할 뿐이었다.

'끝인가.'

바라보는 이 하나 없는 이 외딴곳에서 맞이하는 죽음엔 어떤 의미가 있을까.

생각할수록 허무함이 치밀었다.

죽는 것보다 그게 더 억울했다.

이솔라는 눈을 질끈 감았다.

퍼억!

피가 튀었다.

그러나 그건 이솔라의 피가 아니었다.

"……어?"

이솔라는 자신의 얼굴에 잔뜩 튀는 액체의 느낌에 저도 모르게 눈을 떴다.

바로 앞에, 경악으로 온몸을 부들부들 떨고 있는 광마병이 보였다.

놈의 양팔은 팔꿈치까지 절단된 상태였다. 그 때문에 당연히 이솔라의 목을 찌르지도 못했다.

대신 놈의 목이 뚫려 있었다.

난데없이 바닥에서 솟아 나온 날카로운 무엇에 의해서.

"이건…… 그림자?"

이솔라가 보기에 그건 분명 광마병의 그림자였다. 그런데 그림자만 멋대로 움직여 광마병을 꿰뚫어 버린 것이다.

잠깐 사이에 상황을 파악한 이솔라는 멈칫했다.

그림자를 움직이는 사람.

그가 아는 한, 그런 존재는 단 하나밖에 없었다.

"시, 시슬란 님?"

대답은 주변의 그림자가 대신 했다.

샤아아아아아!

약속이나 한 듯 광마병들의 그림자가 일제히 와락 허공으로 일어섰다.

그다음에 이솔라가 본 광경은 눈으로 보면서도 믿을 수 없는 종류의 것이었다.

훅!

양팔이 잘려 버둥거리던 광마병이 자신의 그림자에 휩싸이는가 싶더니, 그 그림자와 함께 순식간에 사라져 버렸다.

그놈뿐만이 아니었다.

주변에서 이솔라 일행을 포위하고 있던 모든 광마병들이 모두 약속이나 한 듯 한순간에 사라졌다.

어리둥절해진 이솔라가 눈을 끔벅이며 사방을 살폈지만 광마병들은 흔적조차 남지 않았고, 어디에도 보이지 않았다.

마치 처음부터 이곳에 없었던 것처럼.

덕분에 이솔라는 마치 지독한 악몽, 그러니까 광마병들에게 쫓기는 악몽을 꾸다가 깨어난 게 아닌가 스스로를 향해 착각이 들었을 정도였다.

하지만 그건 꿈이 아니다.

다른 건 몰라도 그것만은 확실했다.

그렇게 이솔라가 생각했을 무렵이었다.

"다친 곳은 없나?"

담담하고도 차분한 목소리가 들려와 이솔라는 그쪽으로 고개를 돌렸다. 그리고 자신도 모르게 굳어 버리고 말았다.

검은 후드를 깊이 눌러쓴 키 큰 남자가 있었다.

후드 때문에 얼굴은 턱 부근만 간신히 보였지만 그것만으로도 이솔라는 남자를 알아볼 수 있었다.

"정말로 시슬란 님이, 맞습니까?"

남자, 시슬란의 입술이 미소를 그렸다.

"오랜만이군. 못 본 사이에 어른이 다 되었구나, 이솔라."

"절 알아보시겠습니까?"

"알아보다마다."

"흑…… 시슬란 님!"

이솔라의 눈에서 눈물이 왈칵 터졌다.

죽는 줄 알았다가 살아났는데 자신을 살려 준 사람이 그토록 다시 만나고 싶었던 시슬란이라니, 놀람과 감격으로 이솔라는 온몸을 떨었다.

바실이도 마찬가지였다.

"으듀! 으듀듀!"

마치 몇 년 만에 주인을 만난 강아지처럼 바실이는 커다란 덩치에도 불구하고 온몸으로 기쁨을 표현하며 시슬란에게로 달려갔다. 그리고 자신의 덩치도 잊은 듯 시슬란의 품속으로 커다란 머리를 한사코 들이밀었다.

"이런, 그사이 이렇게 자랐구나."

"으듀듀!"

녀석은 시슬란의 안주머니로 들어가려 애썼지만 이미 6년 전보다 너무 많이 커져 시슬란이 양팔을 다 벌려도 녀석의 머리를 겨우 안을 수 있을 정도였다.

시슬란은 마구잡이로 격하게 반가워하는 바실이를 달래며 바실이의 등에 앉아 있는 또 다른 사람을 올려다보았다.

시슬란의 눈에 의외라는 빛이 떠올랐다.

"그대는, 설마?"

“……그 설마가 맞소.”

바라카가 떨떠름한 얼굴로 말했다.

마지막으로 그가 시슬란을 만났을 때가 로젠 백작령을 침공했다 굴욕적인 공기놀이(?)를 당하고는 생포되었을 때였다.

당시 바라카는 아리안의 행방을 시슬란에게 알려 주었고, 그 후로 시슬란을 만나지 못했다.

그러다 이렇게 죽음의 위기에서 가까스로 살아나 자신을 살린 은인이 된 시슬란을 갑자기 만나게 되니 그로서도 어떻게 시슬란을 대하고 반응해야 할지 알 수가 없었다.

한마디로 어색했다.

하지만 시슬란은 그런 바라카를 올려다보며 피식 웃었다.

“살아 있었군. 그리고 이솔라와 힘을 합쳐 여기까지 온 건가?”

“그, 그렇소.”

“바실이는 아무에게나 마음을 열지 않지. 보기완 달리 까탈스럽고 낯을 가리는 편이거든. 그런 바실이가 그대를 등에 태웠다면 필시 그만한 이유가 있는 것이겠지. 고맙다, 이솔라와 바실이를 도와주어서.”

“험, 험!”

바라카는 얼굴이 벌게진 채로 고개를 돌리고 헛기침을 뱉었다. 차라리 시슬란이 자신을 무시하거나 막무가내로 대하면 그러려니 하겠건만, 이토록 정중하게 나오니 더욱 어찌 반응해야 할지 어색하기만 했다.

"그런데 시슬란 님, 방금 광마병들은…… 어찌 된 겁니까?"

"그거?"

시슬란이 이솔라를 돌아보았다.

"소멸시켰다. 존재 자체를 완전히."

그는 이제 단순히 그림자를 조종하는 것이 아니라 그림자와 육신을 이어 주는 본질이자 에너지인 진혼을 조종할 수 있게 되었다.

그 진혼을 끊어 버리고 제거하면, 육신과 그림자 모두 근본을 잃어버린다. 한마디로 진혼은 물질을 세상에 붙들어 두는 근본적인 뿌리이자 힘이기 때문이다.

그런 근원을 잃어버리면 어떤 물질도 현실에 존재하지 못하게 된다. 말 그대로, 존재 자체가 지워지는 것이다.

게다가 그 대상은 인간이나 광마병뿐만이 아니라 길가의 나무나 풀, 바위, 심지어 산이나 호수도 예외가 아니었다. 그만큼 범위를 넓히기가 어려워서 그렇지, 이론적으로는 세상 모든 물질을 제어할 수 있다는 말이었다.

하지만 시슬란은 거기까지 설명하지는 않았다. 그걸 다

말하고 이해시키기엔 너무 깊은 곳까지 원리를 설명해야 할 것이고, 이솔라가 굳이 거기까지 알 필요도 없으니까.

어쨌건 시슬란의 말에 이솔라가 고개를 끄덕였다.

이제 이솔라는 감격에서 벗어나 어느 정도 침착함을 되찾은 상태였다.

"어쨌건 돌아오신 걸 환영합니다. 모두 알면 미친 듯이 기뻐할 겁니다. 스승님도 말이죠."

"스승님? 그게 누구지?"

"야니카 님이십니다."

"그랬군. 야니카가……."

누군가의 입을 통해 오랜만에 듣는 야니카의 이름은 색다른 느낌을 주었다.

뒤이어 이솔라가 마테온의 사람들에 대해 이야기하는 동안 시슬란의 그러한 느낌은 더욱 깊어졌다. 아리안, 베르디스, 제피, 블랙비어드…… 모두 그리운 이름들이었다.

"그럼 지체하지 말고 바로 움직이도록 하지. 여기서 마테온은 그리 멀지 않으니."

"알겠습니다. 그런데 저 사람들은……?"

이솔라가 저만치에 멀뚱히 서서 이쪽을 보고 있는 200여 명가량의 사람들을 가리켰다.

시슬란이 말했다.

"이곳으로 오는 도중에 만난 사람들이다. 사정이 딱하여 데리고 왔다."

"멋진 일을 하셨습니다. 제 수고도 함께 덜어 주셨고요."

"네 수고를?"

시슬란의 반문에 이솔라가 대답했다.

"네. 제가 저런 사람들을 구출하여 마테온으로 데려가는 일을 하고 있었거든요."

이솔라는 자신이 참여하고 있던 구출 작전과 결사대에 대해 설명했다.

그걸 들은 시슬란의 표정이 진지해졌다.

"고초가 많았겠군."

"아닙니다. 항상 보람 있었습니다. 그리고 어쩌면 시슬란 님을 찾을 수 있을지도 모른단 희망도……."

"고맙다, 그동안 꿋꿋하게 버텨 주어서."

"하하……."

일행은 200여 명의 난민들과 합류했다.

그리고 다시 마테온을 향해 걸음을 옮겼다.

그곳, 사막의 초입에서 마테온은 그리 멀지 않았다.

물론 일반인의 기준으로 보자면 목숨을 걸고 탐험을 해야 할 만한 거리였지만, 시슬란의 기준으로는 전혀 달랐다.

일행은 약 이틀 정도 더 지나서 마테온에 도착했다.

그러나 마테온은 시슬란이 예상했던 모습도, 바라카와 200여 명의 난민들이 기대했던 모습도, 이솔라가 기억하고 있던 모습과도 전혀 달랐다.

수만 마리의 광마병들이 성벽을 향해 돌진하고 있었고, 마테온의 가디언과 병사들이 필사적으로 놈들을 막아 내고 있었다.

마테온은 전쟁터로 변해 있었다.

5장.

침공

1

"이렇게 될 줄 알고 있었나?"

"네."

"어째서 말하지 않았지?"

"말했으면 이렇게 되지 않았을 테니까요."

"말했을 때의 결과도 예지할 수 있었을 텐데."

"물론 그렇지만, 내가 원하지 않았거든요."

"그래서 말하지 않았다?"

"그렇죠."

"그런가……. 원하지 않았다? 그렇군, 그래."

"……."

"그대는 그런 여자였군. 잘 알았다."

"……."

2

"……."

수시아는 눈을 떴다.

오랜만에 꾸어 본 꿈이었다. 하지만 마치 방금 있었던 일처럼 생생하게만 느껴졌다. 헤아리기도 어려운 기나긴 옛 시절의 기억인데도.

"하아."

그녀는 몸을 일으키며 생각했다. 어쩌면 기억이라는 건 몸 속의 어딘가에 각인처럼 새겨진 존재가 아닐까, 하고. 그래서 평소엔 까맣게 잊고 있다가도 어떤 계기만 주어지만 방금 겪은 일처럼 생생하게 되살아나 모든 감각을 그 시간의 시점으로 되돌리는 것이다. 마음과 기분마저도.

"무슨 쓸데없는 감상이야."

그녀는 침실 밖으로 나섰다.

옛 제국의 황성이 그녀가 머무는 곳이었다.

하지만 6년이란 시간이 지나는 동안 이곳은 예전의 황성과 전혀 다른 공간으로 변모해 있었다.

이곳은 이제 더는 사람 사는 곳이 아니었다.

아니, 예외가 딱 한 사람 있었는데, 그게 바로 수시아였다.

그녀 외에 이곳에 있는 건 모두가 광마병들이었다.

하지만 광마병들이라고 해서 그녀를 위해 청소 따위를 한다든가 하는 일은 없었다. 그들은 오로지 그냥 멍하니 서서 명령만 기다리는 인형과 같았다. 휴식도, 수면도, 음식도 필요 없는, 말 그대로 그냥 인형.

물론 그렇다고 해서 수시아가 직접 요리를 하거나 청소를 하는 일도 없었다.

사실 수시아의 신체는 이미 인간의 범주를 한참 넘어선 상태. 처음 카탈리나의 육체를 강탈했을 때와는 전혀 다른 경지에 접어들어 있었다.

그렇기에 그녀는 식사도, 수면도 전혀 필요치 않았다.

그런 상황이 역설적이게도 그녀에게 권태를 불러왔다. 그 탓에 거의 매일을 잠으로 보냈다. 지금처럼 깨어나 있는 때가 오히려 훨씬 드물 지경이었다.

게다가 시슬란의 부재 또한 그녀에게 기나긴 지루함을 주었다.

시슬란이 죽지 않았다는 것은 누구보다 그녀가 제일 잘

알고 있었다. 죽었다면 시슬란이 지닌 로열블러드의 힘이 그녀에게 흡수되었을 것이기 때문이다.

그러나 시슬란의 로열블러드의 힘은 조금도 그녀에게 흡수되지 않았다.

시슬란이 멀쩡히 살아 있다는 뚜렷한 증거였다.

그러나 그녀는 시슬란을 찾을 수가 없었다.

다만, 그녀 특유의 강력한 예지 능력 덕분에 시슬란이 어느 시기에 어떤 장소로 돌아오게 될지는 알고 있었다.

“그래, 이제 때가 되었지.”

수시아의 중얼거림과 함께 황도의 하늘이 시커먼 먹구름으로 소용돌이쳤다.

동시에 지금껏 멍하니 서 있기만 하던 황도의 모든 광마병들이 깨어났다.

그리고 잠시 후, 두 명의 인영이 그녀 앞에 나타났다.

“오랜만에 뵙습니다.”

한 사람은 6년 전에 시슬란과 인간들을 배신했던 교황이었고, 다른 한 사람은 콧수염을 기른 깡마른 사내였는데, 바로 과거 시슬란이 만국 상인 회의에 참가했던 당시 솔라리스 최고 규모의 상단을 이끌고 있던 상단주 바르사 드레스덴이었다.

하지만 수시아는 바르사를 다른 호칭으로 불렀다.

"검황도 함께 왔군요."

"예, 마황이시여."

바르사가 공손하게 고개를 숙였다.

이들, 바로 예전부터 솔라리스의 최강자라 불리던 마황과 검황, 교황이 사실은 모두 부활의 사도들이었던 셈이다.

교황이 물었다.

"6년 만에 저희를 부르신 이유가 무엇입니까? 혹시……."

"그대의 짐작이 맞아요. 그가 깨어났습니다."

"그럼 6년 전에 중단했던 싸움을 드디어 마무리 지을 수 있게 되었군요. 그는 어디에 있습니까?"

"우리는 그를 찾아가지 않습니다."

수시아의 말에 교황과 검황이 고개를 갸웃거렸다.

"그럼 어쩌실 생각이기에?"

"우리는 마테온을 칩니다."

"마테온을 말입니까?"

"네."

수시아가 말했다.

"우리가 힘들게 시슬란을 잡으러 쫓아다닐 이유도, 그럴 필요도 없어요. 마테온을 침공하면, 혹은 함락시키면 그가 알아서 제 발로 그곳으로 올 것입니다."

"마황께서 예지하신 내용이 그것이었습니까?"

"그래요."

수시아가 고개를 끄덕였다.

"그래서 지금까지 일부러 마테온을 살려 둔 것이었지요. 시슬란이 돌아왔을 때, 그를 부를 미끼로 쓰기 위해서. 그리고 이제 그 시기가 무르익었습니다. 전 병력을 출동시키세요."

"예."

"알겠습니다."

교황과 검황이 동시에 고개를 숙였다.

그날, 솔라리스 전역에 퍼져 있던 모든 광마병이 한 장소로 집결하기 시작했다.

목표는 마테온이었다.

3

"흐아암……."

마테온의 파수병 라니는 늘어지게 하품을 했다.

파수병의 임무는 이게 문제다. 온종일 집중력을 유지할 수 있는 사람은 사실 없다. 아무리 요새의 안전을 위해 촉각을 곤두세운다 해도 사람인 이상 당연한 일이었다.

게다가 이곳은 사막.

따가운 직사광선을 막아 주는 천막을 위에 드리웠다곤 하지만, 한낮의 뜨거운 공기에 식사 후의 식곤증까지 몰려오니 쏟아지는 졸음을 밀어내기가 힘겨웠다.

그런 데다 주변의 풍경 또한 새하얀 모래언덕이 끝없이 펼쳐진 지평선과 구름 한 점 없는 파란 하늘뿐인 단조로운 광경이니 어찌 지치지 않겠는가.

라니는 눈을 비볐다가 고개를 흔들기도 하고, 창대로 발등을 쿡쿡 찍어 보기도 하며 졸음을 참으려 애썼다. 하지만 시간이 지날수록 점점 꾸벅꾸벅, 고개가 떨어지기 시작했다.

"낮잠이나 자라고 여기에 올려 보냈나, 라니?"

갑작스러운 목소리가 들려온 건 마침내 라니가 선 채로 잠들어 버렸을 무렵이었다.

"허억!"

화들짝 놀란 라니는 눈을 번쩍 떴다. 그리고 곧 그의 표정엔 당혹감과 낭패감이 어렸다. 어느새 망루에 올라온 야니카가 그를 매섭게 쳐다보고 있었기 때문이다.

"헉…… 대장……."

"변명할 생각은 마라."

"……알겠습니다."

대놓고 졸다가 딱 걸리고 말았다.

뭐라고 해도 변명이 안 되는 상황인지라 라니는 자신의 실책을 순순히 시인했다.

야니카가 엄한 목소리로 말했다.

"스스로 잘못을 아니 그나마 다행이군. 파수 임무가 끝난 후 훈련장으로 와라. 직접 굴려 주지."

"네, 넵."

라니의 얼굴이 굳었다.

야니카가 훈련장에서 굴린다는 말은 곧 그녀와 검을 맞대고 대무를 해야 한다는 뜻이었다.

한때 토르 왕국 서부 변경 최강의 검으로 손꼽혔던 야니카다. 반면 라니는 평민 중에서 뽑혀 열심히 훈련을 받은 병사일 뿐이었다.

그런 라니가 야니카와 대무를 한다는 자체가 말이 안 되는 일이었다. 말이 대무지, 대놓고 흠씬 두들겨 주겠다는 소리가 아닌가.

이미 몇 차례 비슷한 벌을 받는 다른 동료들의 모습을 보았기에, 야니카와 대무를 한다는 게 얼마나 끔찍한 일인지 그는 잘 알고 있었다.

"망했다."

야니카가 망루에서 내려간 뒤, 라니는 눈을 질끈 감으며 중얼거렸다. 오늘 근무가 끝나면 저녁엔 좀 푹 쉬려고 했는데, 이젠 쉬기는커녕 어디 한 군데 부러지지 않기만을 바라야 할 처지가 되어 버렸다. 행여나 요행히 크게 다친 곳 없이 대무를 끝내더라도 아마 며칠은 몸살로 끙끙 앓아야 하리라.

"그래도 다시 또 걸리면 안 되니까 정신 바짝 차리고 있어야지. 어휴……."

그는 자신의 실책을 자책하며 지평선 모래언덕을 향해 눈을 부릅떴다. 방금 지적을 받았는데 만일 또 같은 잘못을 했다가 걸리면 대무 정도가 아니라 훨씬 큰 처벌을 받을 수도 있을 테니 말이다.

그렇게 얼마나 시간이 지났을까.

"어?"

아무런 변화도 없는 풍경에 라니의 집중력이 또 슬금슬금 떨어져 갈 무렵이었다. 동쪽의 모래언덕에서 먼지가 작게 피어오르기 시작했다.

라니가 그곳을 쳐다보는 사이, 먼지구름은 점점 커졌다.

동시에 라니의 표정이 굳었다.

먼지구름의 거리가 생각보다 훨씬 멀다는 걸 깨달은 까닭이었다.

'저렇게 먼데도 여기서 보일 정도면…… 저건 작은 먼지구름이 아니라는 소리야. 최소 수백 규모의 뭔가가 이동하는

거다.'

게다가 먼지구름은 점점 커지고 있었다.

즉, 이쪽을 향해 다가오고 있다는 소리였다.

라니의 안색이 창백해졌다.

망루에 오르기 전, 요새로 올 아군의 병력은 없을 거라는 사실을 확인했다. 그런 상황에 수백 이상의 규모로 몰려오고 있다면 그 정체는 뻔했다.

라니는 망루의 종에 연결된 밧줄을 잡아당겼다.

4

땡땡땡땡땡!

"비상! 비상!"

망루 위에서 요란한 소리가 요새 전체로 울려 퍼졌다.

원래 그때까지만 해도 마테온의 모습은 굳건한 성벽을 두른 평화로운 요새 도시의 모습에 지나지 않았다.

하지만 종소리가 울리고 불과 5분도 지나지 않아 마테온의 모습은 180도 달라졌다.

오아시스가 가동되었다.

일상을 보내던 주민들은 순식간에 오아시스로 뛰어들었

다. 그리고 오아시스를 통해 연결된 물길을 이용하여 수많은 섬의 은신처로 이동했다.

그다음 마테온에 대기하고 있던 모든 병력이 순식간에 배치되었다. 동시에 수많은 섬에 주둔하고 있던 병력들이 오아시스를 통해 속속 마테온으로 도착했다.

덕분에 모래언덕 너머로 첫 광마병의 모습이 보일 때쯤엔 마테온의 전 병력이 수비 태세로 배치될 수 있었다.

그 과정을 지휘한 사람은 다름 아닌 야니카였다.

사실 그녀는 직접 나서서 병력들을 지휘하기보단 병력들의 배치 상황을 수시로 확인만 하였다. 이미 평소 수백 번이나 연습했던 과정이기에 말단 병사들까지 자신의 수비 위치와 임무를 완벽히 숙지한 덕분에 그녀가 직접 나서서 이리저리 관여할 이유가 없었다.

그렇게 방어 배치를 마친 요새 마테온의 앞으로, 수만에 달하는 광마병의 물결이 모습을 드러내기 시작했다.

5

"온다."

라니는 긴장된 어조로 중얼거렸다.

물결, 그리고 또 물결.

모래언덕을 넘어 요새 앞으로 다가오는 광마병의 물결은 말 그대로 끝이 없어 보였다.

라니가 마테온의 파수병으로 있은 지는 4년이 조금 넘었다. 그런데 지금 그가 보고 있는 광경은 그 4년 동안 한 번도 보지 못한 것이었다.

지금까지 라니가 한 번에 본 가장 많은 광마병의 숫자는 이삼천 남짓. 통상 마테온으로 쳐들어오는 광마병의 규모가 항상 그 정도였기 때문이다.

하지만 이번엔 달랐다.

수만?

아니, 어쩌면 십만 단위로 세어야 할지도 모르겠다고 라니는 생각했다. 아예 지평선이 새까맣게 뒤덮일 정도였으니, 라니가 그렇게 생각하는 것도 무리가 아니었다.

딱딱딱……!

저절로 아래턱이 떨려 왔다.

아무리 굳건한 성벽이 있어도, 병사들이 용기를 내어도, 가디언과 대리석상 전사들이 분전해도, 이건 어찌 막아 내거나 감당할 숫자가 아닌 걸로 느껴진 까닭이었다.

그렇게 한번 두려움이 치밀기 시작하자 그 두려움이라는 괴물은 라니의 내면에서 스스로 덩치를 불려가기 시작했다.

게다가 두려움은 전염성도 갖추고 있었다.

그나마 고참병에 속하는 라니가 사시나무 떨듯 두려움에 사로잡혀 있었으니, 그보다 담이 작은 병사들은 더 볼 것도 없었다.

"너무…… 많잖아."

"저걸 어떻게 막지?"

"우리 여기서 혹시……."

다 죽는 건 아닌가, 하는 말을 뱉으려던 병사가 멈칫했다. 그 말을 하는 순간 그게 사실로 확정될 것 같은 불길한 예감이 든 까닭이었다.

하지만 그때 이미 병사들은 모두 같은 생각을 떠올리고 있었다. 이 자리가 자신들이 죽을 자리가 될 것이라는 묘한 확신 말이다.

그런 식으로 수비병들 사이에 두려움이 물결처럼 번져 갈 무렵이었다.

쿠쿠쿠쿠쿠……!

요새 성벽에서 한 덩어리의 암석이 떨어져 나왔다. 그리고 막대한 속도로 크기를 불려가며 암석으로 만들어진 골렘의 형상을 갖추어 갔다.

제피였다.

"쿠오오오오오!"

과거 한 왕국의 성으로 위장하고 있었을 정도로 덩치가 큰 제피였다. 게다가 이곳은 사막. 고저의 차이가 별로 없는 평탄한 곳에서 우뚝 서게 되니 제피의 거대한 덩치가 더욱 두드러져 보였다.

단순한 사실이었지만 그 효과는 지대했다. 특히 병사들에게 그러했다.

거대한 제피의 우렁찬 포효가 병사들의 전신을 쩌렁쩌렁 울리게 했다. 절로 온몸의 털이 쭈뼛 곤두서는 전율이 느껴졌다.

뒤이어 이런 기분이 들었다.

저런 존재가 자신과 한편이다.

자신과 함께 싸우고 포효한다.

그걸 깨닫는 것만으로도 병사들이 느끼고 있던 적에 대한 두려움 대부분이 눈 녹듯 사라졌다.

대신 그 자리를 용기와 투지가 채웠다.

그때 야니카가 병사들을 향해 외쳤다.

"여기가 끝이다. 우리가 죽으면 가족과 친구가 모두 죽는다! 우리가 마련해 둔 수많은 섬들, 그 은신처들도 모두 잿더미로 변할 것이다! 오아시스를 빼앗기는 순간 그곳으로 통하는 모든 물길 또한 저 광마병들의 수중으로 떨어질 것이기 때문이다! 그래도 물러서겠는가!"

병사들이 무기를 꽉 움켜쥐었다. 그리고 옆의 동료를 쳐다보며 서로 고개를 끄덕였다.

야니카의 말이 맞았다.

"어차피 도망칠 곳도 없잖아?"

"하긴, 그렇구먼."

"오아시스를 빼앗기면 끝장이다. 난 이제 딸이 걸음마를 떼기 시작했다고."

"하! 전 다음 달에 결혼할 예정입니다."

"그럼 더더욱 지면 안 되겠네."

"덤벼! 우아아악!"

전의를 다지는 병사들의 눈에서 형형한 빛이 뿜어져 나왔다. 굳센 결의가 담긴 눈빛이었다.

"공격!"

야니카의 지휘와 함께 성벽 곳곳에 배치된 마법사들이 공격 마법을 퍼붓기 시작했다.

그렇게 전투가 시작되었다.

6

"나름의 발악인가? 노력이 가상하군요."

개전 상황을 지켜보던 교황이 피식 웃었다.

단지 몇몇 가디언과 성벽, 병사들로 이 많은 광마병의 물결을 막아 내려는 모습에서 차라리 연민마저 느껴졌다.

하지만 상황은 그런 교황의 비웃음과는 다르게 팽팽하게 이어졌다.

"막아라! 거기!"

"쏴!"

성벽 위의 병사들은 필사적으로 광마병들을 저지했다.

요새의 성벽이 보통의 성벽보다 훨씬 높다는 사실도 그런 점에 도움이 되었다.

인간보다 몇 배나 높이 도약할 수 있는 광마병들은 기본적으로 성을 함락시킬 때 사다리가 필요 없다. 거추장스럽게 사다리를 오를 바엔 훌쩍 뛰어서 성벽에 손톱을 박아 넣으면 금방 위로 올라갈 수 있기 때문이다.

그런데 이 마테온의 성벽을 상대로는 광마병들의 그런 특기도 별 힘을 발휘하지 못했다.

"뿌려!"

촤아아악!

성벽 아래 까맣게 광마병들이 모인다 싶으면 병사들은 쉴 새 없이 물을 뿌려 댔다.

광마병의 유일한 약점이 바로 물이었다.

신체에 물이 닿으면 평소보다 힘과 속도가 세 배나 떨어져 보통 사람보다 크게 뛰어날 것도 없는 상태가 되어 버리기 때문이다.

그런 데다 마테온의 성벽에는 특수한 마법이 걸려 있어서 광마병들의 손톱이 박히기는커녕 타고 올라갈 수 없을 정도로 미끄러웠다.

오랜 시간 공을 들여 성벽 외면 전체를 미끄럽게 만드는 마법을 반영구적으로 걸어 놓은 덕분이었다.

게다가 결정적으로 마테온의 성벽은 다른 성벽보다 한 배 반이나 더 높았다.

그런 여러 요소들이 겹치자 광마병들은 처음으로 공성전의 어려움을 제대로 겪게 되었다.

당연하게도 사다리 따위를 준비하지 않은 광마병들은 성벽 아래에 몰린 채 올라가지도 못하고 각종 마법과 화살, 끓는 기름에 속수무책으로 파괴당했다.

하지만 그런 것도 시간이 지나면서 상황이 조금씩 바뀌어 갔다.

"지독한 놈들……. 사체가 쌓이고 있어!"

워낙 많은 광마병들이 성벽 아래에서 픽픽 죽어 나갔고, 그 사체를 치울 틈도 없이 그 위에 다른 광마병들이 죽어 쓰러졌다.

그러면서 자연히 광마병들의 사체가 성벽 아래에 가득 쌓이게 되었다.

사체 더미가 점점 높아졌다.

그러자 성벽의 높이가 아주 조금씩 줄어드는 효과가 나타나기 시작했다.

"크으악!"

광마병들이라고 모두가 맨손인 건 아니었다.

개중에는 투척 무기를 지닌 놈들도 여럿 있었는데, 인간보다 우월한 힘으로 투창 등을 던지자 성벽 위의 병사를 맞히는 건 어려운 일이 아니었다.

불운하게 투창에 가슴이 꿰뚫린 병사는 성벽 아래로 떨어지자마자 광마병들에게 난자되어 죽어야 했다.

또한 광마병들 중에는 불을 뿜는 놈도 있었다.

놈들은 주로 끓는 기름을 쏟아 붓는 병사들을 노렸다.

병사들이 기름 항아리를 기울이려는 순간 그들을 향해 불을 뿜는 식이었다.

화르르륵!

불에 닿자 기름이 폭발적으로 튀며 사방에 불이 붙고 말았다. 병사들의 옷에도 불이 옮겨 붙었음은 물론이었다.

"흐…… 흐으아아악!"

"살려 줘! 아악! 뜨거워!"

그렇게 시간이 지나며 마테온은 방어 요새로서의 장점을 서서히 잃어 가기 시작했다.

그리고 이틀간 싸움이 꼬박 지속되자 마침내 병사들은 지쳐 버리고 말았다.

영원히 지치지 않는 광마병들과 달리 병사들에겐 휴식이 필요한 상황이었다.

게다가 그때쯤엔 성벽 아래 광마병들의 사체 더미가 쌓일 대로 쌓여 사체 더미의 꼭대기에서 광마병이 전력으로 뛰면 운이 좋은 경우 한 번에 성벽 위로 올라설 수 있을 정도가 되어 버렸다.

광마병들은 더욱 흉성을 폭발시키며 힘을 냈다.

하지만 마테온 쪽에도 아무런 대책이 없는 건 아니었다.

쿠콰콰콰콰!

거대한 골렘의 손이 성벽 아래 바닥을 쓸어 버렸다.

제피였다.

덕분에 성벽을 위협할 정도로 높이 쌓였던 광마병들의 사체 더미가 순식간에 치워지고 말았다.

내친김에 제피는 성벽 앞의 광마병들을 향해 달려가 몇 번 발 구르기를 했다.

마치 벌레가 밟혀 죽듯 수백의 광마병들이 제피에게 밟혀 죽었다.

그렇듯 싸움은 계속해서 팽팽하게 이어지고 있었다.

지금까지 몇 년의 기간 동안 가장 큰 규모의 침공이었지만 요새 마테온은 그곳을 지키는 병사들 스스로도 놀랄 정도로 공격을 잘 막아 냈다.

그러나 그러한 분전 또한 수시아가 예상했던 바였다.

"그대가 나설 차례가 된 것 같군요."

수시아의 말에 그녀의 곁에 조용히 서 있던 검황, 바르사 드레스덴이 고개를 살짝 숙여 보였다.

콧수염을 근사하게 기른 그의 입매가 사납게 휘어졌다.

"분부하신 대로."

파앗!

검황의 모습이 순식간에 사라졌다.

동시에 은색 검의 궤적이 제피를 향해 날아갔다.

콰지직!

초거대 골렘 제피의 한쪽 손가락이 깨끗하게 잘려 나갔다.

7

"쿠오오!"

콰드드드득!

제피의 주먹이 바닥을 비질하듯 훑을 때마다 수십 마리의 광마병들이 쓸려 나갔다.

그 압도적인 힘에 맞서거나 그걸 막아설 광마병들은 없었다. 오직 당하지 않기 위해 이리저리 날파리처럼 도망 다닐 뿐이었다.

하지만 제피는 마음을 놓지 않았다.

광마병들이 다가 아니다.

게다가 저 광마병들은 어찌나 지긋지긋한 놈들인지, 조금만 방심해도 다리를 타고 등이며 몸통으로 올라와 온몸을 쑤시고 부숴 댔다.

그게 수십 마리 정도면 그냥 따끔하다 하고 끝내리라.

하지만 그 숫자가 수천을 넘어가면 이야기가 달라진다. 가랑비에 옷이 젖는다는 건 사람에게만 해당하는 이야기가 아니었다.

아무리 제피의 덩치가 커도 지속적으로 수천 마리의 광마병이 온몸을 쑤시고 부수면 부분적으로나마 타격을 입을 수밖에 없었다.

그렇기에 제피는 한시도 쉬지 않고 광마병들의 진영 위에서 날뛰었다. 놈들이 자신의 몸을 타고 오를 틈을 주지 않기 위함이었다.

덕분에 광마병들은 거의 저항다운 저항도 못 해 보고 허겹지겹 흩어지기만 했다.

그 모습을 본 성벽 위 병사들의 사기가 충천했다.

"우아아아아아!"

지쳐 가던 병사들이 함성을 내지르며 일어섰다.

사실 이젠 틀렸을지도 모른다고 생각하던 참이었다. 그러다 제피의 맹활약을 보니 희망이 생겨났다.

하지만 그 순간이었다.

콰지직!

새하얀 섬광이 공간을 갈랐다.

그리고 한창 광마병들을 쓸어버리고 있던 제피의 곁을 스쳐 지나갔다.

콰드득!

"헉?"

제피는 손에서 느껴지는 통증에 깜짝 놀랐다.

그리고 자신의 손가락 하나가 잘려 바닥에 쿵, 하고 떨어지는 모습엔 더욱 크게 놀라고 말았다.

"대체 무슨?"

비록 손가락 하나라곤 하지만 초거대 골렘인 제피의 손가락은 큰 궁전의 기둥보다도 굵다. 게다가 그냥 단순한 암석이 아니라 가디언인 제피의 힘이 실려 있는 상태였기에 같은 두께의 쇳덩이만큼이나 단단했다. 즉, 쇠로 만든 커다란 기둥이나 마찬가지의 강도를 지녔다는 뜻이었다.

그렇기에 과거 시슬란도 처음 제피와 대적했을 때 깊은 상처를 입히지 못하고 회피하며 반격을 하는 데에 주력하지 않았는가.

그런데 지금, 그런 그의 손가락을 일격에 잘라 버리는 존재가 나타났다.

하지만 제피는 뒤로 물러나지 않았다.

자신이 물러나면 바로 뒤는 마테온 요새다.

미지의 강력한 적을 요새의 병사들이 직접 막아야 한다는 뜻이었다.

그걸 알기에 제피는 물러나지 않았다. 대신 그 자리를 엄중히 지키며 상대가 모습을 드러내기를 기다렸다.

그리고 곧, 제피에 의해 쓸려 산더미처럼 쌓인 광마병들의 사체 더미 위로 한 사내가 모습을 드러냈다.

콧수염을 기른 중년의 미남자.

검황, 바르사 드레스덴이었다.

그가 모습을 드러내는 것과 동시에 주위에 강력한 기류가 소용돌이치기 시작했다.

검황의 입가가 휘어지며 미소를 그렸다.

"덩치만 큰 놈인 줄 알았더니 그래도 나름 위기감은 갖고 있는 것 같군."

그의 손에는 한 자루 송곳 같은 모양의 검이 들려 있었다. 특이하게도 검날이 전혀 없는, 마치 이쑤시개를 크게 확대해 놓은 듯한 모습의 검이었다.

그걸 보며 제피는 긴장했다.

모양으로 봐서는 찌르기만 가능한 검이다. 그런데 놈은 일격에 자신의 손가락을 잘랐다.

그건 검황의 실력이 검의 모양에 구애받지 않는다는 뜻이었다. 아마 원한다면 검황은 저런 검이 아니라 나뭇가지로도 똑같은 위력을 낼 수 있으리라.

게다가 손가락이 잘린 단면은 마치 유리처럼 매끈했다. 손가락의 단단한 방어력이 검에 실린 기운을 전혀 흘어 내지 못했다는 뜻이다.

그렇다면 최악의 경우엔 손가락이 아니라 팔다리도 마찬가지 결과를 맞을 수 있었다.

방어력과 맷집이 통하지 않을 수도 있는 상대.

제피로서는 최악의 상대를 만난 셈이었다.

"갈기갈기 썰어 주지."

검황이 자세를 낮추며 검을 겨누었다.

제피도 긴장하며 온몸에 힘을 주었다.

파앗!

검황이 땅을 박차고 자리에서 사라졌다.

동시에 제피가 거대한 양팔을 힘차게 휘둘렀다.

카아아아앙!

제피의 한쪽 주먹이 허공에서 멈추었다.

동시에 귀를 찢을 듯한 굉음과 함께 엄청난 충격파가 멈추어진 제피의 주먹에서 사방으로 퍼져 나갔다.

그곳에 검황이 있었다.

“의외로군.”

검황이 중얼거렸다.

그의 검은 제피의 주먹에 가로막힌 상태였다.

정확히 말하자면, 제피의 주먹을 삼분의 일가량 자르다가 멈추어졌다.

검황의 공격력과 제피의 방어력.

어느 쪽도 이겼다고 말하기엔 애매한 결과였다.

“크오오오!”

제피가 고통을 참으며 반대쪽 주먹을 휘둘렀다.

허공에 멈추어진 상대를 두 주먹 사이에 끼워 압살해 버릴 생각이었다.

물론 검황이 그런 단순한 공격에 곧바로 걸릴 리 없었다.

콰아아앙!

검황의 모습이 다시금 사라졌다.

제피의 두 주먹이 허공에서 부딪쳤다.

그사이 검황은 제피의 팔을 타고 어깨를 향해 달려오고 있었다.

"흥! 어딜!"

이쯤은 예상했다는 듯 제피가 팔을 크게 털었다.

순간 균형을 잃은 김황이 허공으로 떨어졌다.

하지만 금방 균형을 회복하고 제피의 옆구리를 깊숙이 찔렀다.

콰직!

"으으윽!"

내부까지 충격을 받은 제피가 비틀거렸다.

하지만 거대한 제피의 몸체가 그깟 보통 검 크기의 구멍이 깊게 났다고 큰 타격을 받는 건 아니었다. 무엇보다 제피의 가장 강력한 장점은 내구력과 맷집이었다.

"그 정도론 끄떡도 없다, 이 자식아아!"

부아아아아아앙!

제피가 두 팔을 펴고 풍차처럼 회전했다.

보기엔 무식하고 마구잡이인 것처럼 보이는 공격이었다. 그러나 제피의 거대한 몸체와 육중한 무게에 실린 끔찍한 파괴력이 동반되니 그 결과는 사뭇 달라졌다.

"크헉?"

검황은 그 공격을 피했다고 생각했지만 그건 오산이었다.

엄청난 기세로 회전하는 제피의 팔에 주위의 모든 공기가 폭풍이라도 인 것처럼 요동쳤다. 그 탓에 검황의 몸이 그 난기류에 빨려 들어갔다.

순간 검황이 허공에서 완전히 균형을 잃었다.

그리고 제피의 팔에 스쳐 맞았다.

콰아아아아아앙—!

스쳐 맞았어도 그 충격은 말로 표현하기 어려울 정도. 거대한 건물을 통째로 휘둘러 때리는 것과 똑같은 어마어마한 타격이 전해졌다.

"커윽!"

온몸이 산산이 부서지는 것 같은 충격이었다.

순간적으로 수백 번의 검기를 날리고 마지막엔 몸을 뒤틀면서 최대한 충격을 분산시켰음에도 그러했다.

아마 완전히 직격당했다면 아무리 검황이라도 일격에 즉사를 면치 못했으리라.

터억!

입가에서 피를 흘리며 착지한 검황이 비틀거리며 고개를 들었다.

회전을 마친 제피도 옆구리의 상처를 누른 채 비틀거리며 검황을 내려다보았다.

둘의 눈빛이 부딪쳤다.

둘이 동시에 땅을 박찼다.

우열을 가리기 어려운 두 존재의 전력을 다한 격돌의 시작이었다.

6장.

격전

1

가디언 밀라스는 광마병들 사이를 산책하듯 걷고 있었다. 그의 키나 체격은 보통 사람과 거의 같았는데, 다만 온몸이 거울로 만들어져 있다는 점이 매우 특이했다.

그런 밀라스를 향해 광마병 하나가 맹렬하게 달려들었다.

"키아악!"

검처럼 곧추세운 광마병의 손톱이 정면으로 가슴을 찔러 들어오는데도 밀라스는 반응조차 하지 않았다. 다 알면서도 일부러 무시하는 듯한 태도였다.

이윽고 광마병의 손톱이 밀라스의 가슴을 꿰뚫었다.

채앵!

그러나 밀라스는 여전히 자신의 가슴을 찌른 광마병을 묵묵히 바라만 보고 있을 뿐이었다.

그리고 회심의 표정을 짓던 광마병의 얼굴이 점점 일그러졌다. 어느새 손톱이 자신의 가슴을 꿰뚫고 있다는 걸 가슴의 고통과 함께 깨달은 까닭이었다.

"크, 키리릭?"

자신의 손톱에 가슴을 꿰뚫린 광마병은 그대로 넘어져 움직이지 않았다. 즉사였다.

밀라스는 미미하게 어깨를 으쓱하고는 그대로 광마병의 사체를 지나쳐 전쟁터를 유유히 산책하듯 걸었다.

그 태도에 분노한 다른 광마병이 밀라스를 향해 달려들었다. 플레이머, 불을 뿜는 광마병이었다.

"키르락!"

화르르르륵!

광마병의 벌어진 입으로부터 끔찍한 열기와 함께 불길이 일직선으로 뿜어져 나와 밀라스의 전신을 뒤덮었다.

그러나 이번에도 밀라스는 전혀 피하거나 하지 않았다. 여전히 묵묵히 고개만 돌려 자신에게 불길을 뿜어내는 광마병을 마주 보았을 뿐.

그리고 거울로 만들어진 그의 전신이 번득이는 순간, 밀라스에게 쏟아지던 불길의 방향이 역전되었다. 즉, 불길을 뿜어낸 광마병에게 되돌아간 것이다.

"끼야아악!"

광마병은 온몸이 불길에 휩싸여 재가 되면서도 영문을 모르겠단 표정을 지으며 죽어 갔다.

그러나 주변의 광마병들은 어느 정도 밀라스의 무서움을 알아차렸다.

온몸이 거울로 이루어진 가디언 밀라스.

그의 특기는 바로 거울이 빛을 반사하듯 자신에게 주어진 공격을 공격자에게 고스란히 되돌려 주는 반사 능력이었다.

그 능력을 절대적으로 확신하는 밀라스였기에 이 거울의 가디언은 아무런 걱정 없이 전쟁터를 산책하듯 활보할 수 있었다. 오히려 도발적인 몸짓으로 상대의 공격을 유도하기도 했다.

타고난 성정이 난폭하고 흉험한 광마병들이었기에 그런 밀라스의 도발은 거의 십중팔구 먹혀들었다. 분노에 찬 광마병이 밀라스를 향해 달려들면, 잠시 후 광마병은 자신이 공격했던 수단에 의해 목숨을 잃게 되었다.

거의 자살이라고 불러야 할 광경임에도 밀라스를 향한 광마병들의 공격은 지속적으로 이어졌다. 덕분에 밀라스가 걸어간 길 주위로는 갖가지 죽음의 모습을 담은 광마병들의 사체가 쌓이게 되었다.

그렇듯 밀라스가 전쟁터를 마음껏 활보하던 도중이었다.

"쿠오오오오!"

멀리서 들려오는 우렁찬 포효에 밀라스의 걸음이 처음으로 멈추었다.

"제피?"

방금 밀라스가 들은 괴성은 바로 동료 가디언인 제피의 것이었다.

그쪽으로 고개를 돌린 밀라스가 멈칫했다.

믿을 수 없는 장면을 본 까닭이었다.

바로 제피의 손가락 하나가 잘려 나가는 장면이었다.

대체 어느 광마병이 궁전의 기둥보다도 두꺼운 제피의 손가락을 저토록 일격에 잘라 버린단 말인가. 자신들이 모르는 미지의 적이 나타난 것인가.

밀라스가 그런 의문에 휩싸였을 때였다.

화아아악!

플레이머의 화염과는 비교도 안 되는 엄청난 열기와 눈이 멀 것만 같은 빛이 밀라스를 정면으로 비추었다.

"크윽……!"

이때만큼은 밀라스도 지금까지처럼 자신의 능력만 믿은 채 묵묵히 서 있지 못하였다. 지금 자신에게 쏟아지는 빛과 열이 결코 평범한 것이 아님을 직감했기 때문이다.

위기감을 느낀 밀라스는 반사적으로 몸을 뒤틀었다.

그를 정면으로 비추고 있던 빛과 열기가 비스듬히 틀어진 밀라스의 거울 면을 따라 옆으로 반사되어 멀리에 있는 모래 언덕을 때렸다.

그곳에는 백여 마리에 달하는 한 무리의 광마병들이 대기하고 있었다.

그런데 밀라스가 비껴 내서 반사한 빛과 열기가 그들을 때리자 눈 깜짝할 사이에 백 마리의 광마병들이 흔적도 남기지 못하고 녹아내리고 말았다. 그뿐만이 아니었다. 그들이 있던 모래언덕까지도 통째로 녹아 유리가 되어 버렸다.

자신의 능력으로도 완벽히 반사해 내지 못하고 흘려야만 했던 엄청난 위력의 공격.

'대체 누구?'

밀라스가 바라본 곳엔 새하얀 법복을 입은 노인이 있었다.

교황이었다.

"이게 누구신가? 제국 황도에서 신자들을 배신했던 사이비 교주가 아니신가."

밀라스의 비난에 교황의 눈썹이 꿈틀했다.

화아아악!

새하얀 빛이 교황의 전신에서 피어나며 밀라스를 향해 쏘아졌다.

이에 질세라 밀라스도 몸을 비틀어 빛을 옆으로 반사시키며 교황을 향해 돌진했다.

2

"끼야아아악!"

콰지직!

야니카의 기합과 함께 그녀의 대검이 광마병의 머리를 수직으로 쪼갰다.

그녀는 자신의 근처에서 성벽 위까지 기어 올라오는 광마병이 있을 때마다 가장 먼저 나서서 놈들을 처리하는 중이었다.

그런 야니카의 일격을 막아 내거나 피할 수 있는 광마병은 거의 없었다. 이미 그녀의 검이 6년 전보다 훨씬 발전한 까닭이었다.

스스로의 수련도 게을리 하지 않았지만, 무엇보다 이솔라를 가르치는 과정이 그녀에게 준 것이 뜻밖에도 컸다.

누군가를 가르치게 되면 그때부터는 이전에 생각하던 것과 다른 관점과 시각에서 그 분야를 고찰할 기회가 생긴다.

그러지 않으려 해도 자신의 지식이나 기술을 타인에게 전수하려면 그러한 과정은 필수라 할 수 있었다.

마찬가지로 야니카도 이솔라를 가르치며 자신이 지금까지 익히고 몸에 각인시킨 검술을 다른 각도와 시각에서 바라볼 수 있게 되었다.

마치 체스를 두는 사람보다 옆에서 훈수를 두는 사람이 더 폭넓은 시야를 가지듯, 좀 더 객관적인 관점으로 한발 물러나 자신의 검술을 되돌아볼 기회를 가지게 된 셈이었다.

그러자 자연히 자신의 장점과 단점을 명확히 바라볼 수 있게 되었고, 장점을 극대화시킴으로써 단점까지도 자연히 사라지게 만들 수 있었다.

그렇게 6년이 지나는 동안 야니카의 검은 눈부신 발전을 거듭하여 몇 단계나 높은 경지로 올라섰고, 덕분에 이제는 물을 덮어쓰지 않은 정상적인 광마병이라 할지라도 일대일로는 야니카의 검을 거의 피하거나 막을 수 없게 되었다.

그런 야니카가 거대한 대검을 휘두르며 달려들자 성벽 위를 타고 올라온 광마병들은 순식간에 쪼개지고 잘려 사체 더미의 일부가 되었다.

게다가 그녀는 혼자가 아니었다.

"하아압!"

쉬칵!

야니카의 빈틈을 노리고 등 뒤에서 달려들던 광마병의 목이 일격에 날아갔다.

그런 광마병이 뿌리는 피를 한 걸음 물러나 피하며 모습을 드러낸 사람은 바로 아리안이었다.

"위험하니 너무 나서지 마시오."

야니카는 손을 까딱거리는 것으로 고마움을 표시하곤 다음 광마병을 향해 달려들었다. 아리안도 샴쉬르를 고쳐 잡고는 그런 야니카와 어깨를 나란히 하였다.

성벽 위를 지키는 존재는 그 두 사람만이 아니었다.

광마병을 따라 세상으로 나왔다가 마테온에 남은 88명의 대리석 전사들도 있었다.

"이 버러지 같은 놈들이!"

콰직! 콰지직!

우두머리 격인 레오닐을 비롯한 나머지 대리석 전사들은 마테온 요새 성벽 곳곳에 배치되어 광마병들을 때려눕히는 데에 여념이 없었다.

원래 광마병들의 원조가 그들이 아니던가.

게다가 그들 하나하나는 모두 고대의 이름난 전사들이었다.

그런 만큼 광마병들이 아무리 많이 달려들어도 대리석 전사들은 눈 하나 깜빡이지 않고 상대를 순식간에 파괴해 버렸다.

그러나 광마병들의 숫자는 말 그대로 끝이 없었다.

아무리 베고 찍고 부숴도, 끝도 없이 성벽을 향해 밀려드는 물결이었다.

게다가 놈들은 영원히 지치지도 않으니 시간마저 마테온의 편이 아닐 터였다.

그런 사실을 아는 만큼 야니카와 아리안, 대리석 전사들의 표정은 결코 밝지 못했다.

싸움은 계속 격렬하게 이어졌다.

3

"크윽!"

제피는 수세에 몰리고 있었다.

검황은 작은 만큼 빨랐다.

그렇다고 위력이 약한 건 더더욱 아니었다.

작고 빨라서 잡거나 타격을 입히긴 어려운데 날카로운 공격 능력까지 갖추고 있으니, 시간이 갈수록 제피는 점점 수세에 몰리고 있었다.

스칵! 스카칵!

검황의 검이 한 번 번득일 때마다 제피의 거대한 몸체 곳곳에 칼자국이 새겨졌다.

물론 제피도 거세게 반격했다.

하지만 처음 제피에게 타격을 받은 다음부터 검황은 질내로 무리한 공격을 감행하지 않고 있는 상태였다. 그런 만큼 검황에게서 허점을 만들기란 제피에겐 너무나 어려운 일이었다.

때문에 그때부터 제피는 단 한 번도 검황에게 타격을 입히지 못하고 일방적으로 두드려 맞고만 있는 상황이었다.

'크으, 이대론 안 돼!'

아무리 그의 맷집이 좋다고 해도 결국 그 맷집에도 끝이 있기 마련이다. 그 사실을 잘 아는 제피였기에 시간이 가며 자신의 공격이 허공만 스치길 반복하자 점점 초조해졌다.

그 때문에 제피의 공격은 점점 더 크고 우악스러워져만 갔다. 마음이 앞서 큰 것 한 방으로 전세를 역전시키려는 것이다.

공격이 커지자 당연히 힘이 많이 들어가고 동작도 커졌다. 그렇잖아도 거대한 덩치의 제피가 힘마저 잔뜩 주며 크게 움직이자 일대가 난장판이 되었다.

그만큼 허점도 더 크게 드러났다.

이를 놓칠 검황이 아니었다.

검황의 검이 붉은 광채에 휩싸였다.

스카칵!

"컥!"

이번의 타격은 이전과는 차원이 다른 것이었다.

제피의 우람한 허벅다리가 절반이나 잘렸다. 조금만 더 깊이 잘렸어도 다리가 체중을 지탱하지 못하고 통째로 부러졌을지도 모르는 일이었다.

하지만 단지 부러지지만 않았다 뿐이지, 그 정도 타격으로도 이미 제피의 한쪽 다리는 못 쓰게 되어 버린 것이나 다름없었다.

체중만 수만 톤에 이르는 제피였다.

그런 막대한 체중을 한쪽 다리가 절반 가까이 잘린 상태로 버티며 걷거나 몸을 돌리거나 할 순 없는 노릇이 아니겠는가.

하물며 그런 몸을 지탱하며 전투를 수행하는 것은 더더욱 불가능했다.

"크으윽!"

그러나 제피는 뒤로 물러나거나 하지 않았다.

그는 알고 있었다.

자신이 물러나면 그다음은 성벽과 병사들이다.

그들이 이 괴물 같은 검황을 직접 상대해야 한다.

그건 절대로 안 될 일이었다.

'다 죽을 거야. 절대로 못 막아.'

이곳에서 검황을 막아설 수 있는 존재는 자신밖에 없다는 이야기였다.

그렇기에 제피는 다리를 못 쓰게 되었음에도 필사적으로 한쪽 다리에만 힘을 주며 버텼다. 검황의 공격들을 묵묵히 몸으로 막아 냈다.

상처가 기하급수적으로 늘어 갔다.

게다가 검황은 노골적으로 제피의 다치지 않은 쪽 다리만 집중적으로 노리기 시작했다.

콰직! 콰지직!

나머지 다리에 칼자국이 새겨지고 돌 부스러기가 떨어져 나올 때마다 제피가 온몸을 떨었다. 이제 곧 두 다리를 모두 못 쓰게 되면 자신은 주저앉게 될 것이고, 검황은 그런 자신을 버려두고 성벽으로 향할 것이다.

그건 곧 성벽이 무너지게 될 것임을 의미했다.

'크아아! 제발! 제발 한 방만 맞아라!'

제피는 간절히 외치며 주먹을 휘둘렀다.

검황이 그런 제피를 피식 비웃으며 거대한 주먹을 간단히 피했다. 그리고는 제피의 주먹 위에 내려앉더니 손목과 팔뚝을 타고 맹렬히 어깨를 향해 달려왔다.

검황의 검이 붉은빛으로 번득였다.

그 검은 이제 제피의 목을 노리고 있었다.

굵은 다리도 절반 가까이 잘라 낸 공격이었다. 목은 단숨에 잘려 버리고 말 것이었다.

그러나 제피는 검황의 공격을 막거나 피할 틈이 없었다.

'망할!'

이렇게 끝나는 걸까.

자신의 소멸을 직감한 제피가 눈을 꼭 감았다.

그때였다.

콰콰앙!

"크억!"

굉음과 함께 제피의 목을 향해 달려오던 검황이 돌연 비명을 질렀다. 그리곤 실 끊어진 연처럼 아래로 추락하고 말았다.

"크흑!"

가까스로 땅에 처박히는 것은 면했지만 검황은 착지한 뒤에도 비틀거리며 피를 토했다. 그리고 이글거리는 무시무시한 눈으로 마테온의 오아시스를 노려보았다.

그제야 상황을 깨달은 제피도 눈을 뜨고 검황이 노려보는 곳으로 눈길을 돌렸다.

그 순간, 제피는 자신도 모르게 환성을 지를 뻔했다.

"베르디스!"

사막의 오아시스, 그 위에 당당히 모습을 드러낸 것은 매캐한 포연을 흩날리고 있는 붉은 전투함, 베르디스였다.

4

"우리가 늦진 않았겠죠?"

블랙비어드 선장은 초조한 음성으로 물으며 입술을 잘근잘근 깨물었다.

"나도 모르겠군. 어쩌면 이미 위험한 지경일지도."

"더 서둘러야겠습니다."

"이미 서두르고 있어."

가디언이자 붉은 전투함인 베르디스 베르데는 북해의 외딴섬 해변에 닻을 내린 상태였다. 그런 베르디스의 선창에서 수많은 노약자, 여자들이 나와 섬으로 상륙했다.

이 섬은 마테온이 비밀리에 마련한 피난처 중의 한 군데였다.

마테온에 비상경보가 울리자마자 베르디스는 다른 범선들과 함께 전투원을 제외한 마테온의 주민들을 여기를 비롯한 수많은 섬으로 피난시키는 중이었다.

이 일은 마테온을 지키는 전투만큼이나 중요한 일이었다. 혹여 마테온이 함락되더라도 이렇듯 여러 섬에 피난시킨 사람들이 명맥을 유지하며 희망의 끈을 후세까지 이어 갈 수 있을 것이기 때문이다.

그러나 이 일에 당초의 예정보다 훨씬 많은 시간이 소요되고 말았다.

정보가 새어 나간 탓인지, 광마병들이 마테온뿐만 아니라 이곳 섬들에도 침공을 개시했기 때문이다.

그나마 다행인 점은 광마병들도 배가 없으면 바다를 건널 수단이 없다는 것이었다.

덕분에 베르디스는 분전하며 광마병들의 함선을 모조리 격침시켰고, 섬을 지킬 수 있었다.

그러나 이미 위치가 탄로 난 섬은 더는 피난처로 쓰일 수 없는 노릇이었다. 때문에 베르디스는 위치가 발각된 섬들의 주민들을 다시 안전한 곳으로 피난시키느라 더욱 많은 시간을 소모할 수밖에 없었다.

그렇듯 주민들의 피난이 완료된 것은 처음 마테온에 비상 경보가 울리고도 며칠이 더 지난 후였다.

그 탓에 블랙비어드 선장은 시종일관 초조함을 억눌러야 했다. 이러는 사이에 마테온이 함락되는 건 아닌지 계속해서 불안한 마음이 든 까닭이었다.

"그럼 어서 돌아갑시다! 출발!"

피난민이 모두 내린 것을 확인한 블랙비어드와 베르디스는 곧바로 섬을 떠났다.

마테온의 오아시스로 돌아온 그들이 제일 처음 본 것은 성벽을 둘러싸고 격렬한 전투가 벌어지는 모습이었다.

그리고 그중에서도 가장 눈에 띈 장면은 바로 비틀거리는 초거대 골렘, 제피의 모습이었다.

처음엔 무엇 때문에 그러는지 잘 알아볼 수가 없었다. 거리가 제법 멀었기 때문이다.

그러나 조금 유심히 살피자 검황이 제피에게 공격을 퍼붓고 있다는 걸 알 수 있었다.

그걸 깨달은 베르디스는 곧바로 포문을 개방하여 검황을 조준했다.

퍼어어엉!

딱 한 발의 마나 포탄이 공기를 가르고 날아갔다. 제피의 팔뚝을 타고 목을 향해 뛰어 올라가는 검황이 바로 그 경로에 있었다.

마나 포탄은 직선으로 날아가 검황의 옆구리를 맞히었다.

콰콰앙!

"크흑!"

이번만큼은 검황도 무시할 수 없는 타격을 입었다.

일반 포탄과 다르게 목표에 명중하는 순간 한 번 더 폭발하는 마나 포탄의 특성 때문이었다.

가까스로 바닥에 착지한 검황은 입가에 흐르는 피를 닦으며 베르디스호를 노려보았다.

"곧 다 죽을 놈들의 발악이 심하군."

화르르륵!

검황의 검이 이전과 비교할 수 없는 기세의 붉은빛으로 넘실거리며 타올랐다.

화악!

동시에 제피의 거대한 주먹이 검황을 향해 내리꽂혔다. 그리고 베르디스의 포문도 불을 뿜었다.

전투는 점점 더 격렬해졌다.

5

"헉! 허억! 훅!"

마테온 성벽 위의 병사 루시드는 허파가 터질 것만 같았다. 너무나 힘들었다. 당장에라도 창이고 칼이고 다 버리고서 주저앉고 싶었다.

온몸에선 땀이 비 오듯 흘렀고, 힘이 빠진 팔다리는 제발 휴식을 취해 달라고 비명을 지르는 듯 통증을 호소하고 있었다. 손과 발에선 감각이 사라졌고, 대신 저릿한 둔통만이 느껴졌다.

너무나 지친 까닭이었다.

그는 이미 며칠째 제대로 된 휴식도 취하지 못하고 성벽 위에서 싸우고 있는 상태. 당장 쓰러지지 않는 것만으로도 충분히 박수를 받을 만했다. 아니, 이대로 계속 있는다면 분명 탈진하여 죽게 될 것이었다.

그러나 그는 쉬지 못했다.

그럴 엄두도 내지 못했다.

당장 눈앞에 성벽을 기어 올라온 광마병이 포효하며 달려드는 판이었다.

만약 루시드가 혼자 있는 상태였다면 그냥 욕설이나 하며 차라리 죽이라고, 나도 그게 더 편할 것 같다고 했을지도 모른다.

하지만 그럴 수가 없었다.

어깨를 나란히 하고 싸우는 동료들 때문이었다.

자신이 죽으면 그 자리에 빈틈이 생기고, 그 빈틈 때문에 동료와 친구들도 함께 죽게 되리라.

그러면 대열의 빈틈은 더욱 커질 것이고, 더더욱 많은 사람이 죽게 되리라.

이곳 지역의 성벽이 함락되고, 이 구역을 통해 광마병들이 끝도 없이 요새 내부로 쏟아져 들어오리라.

마침내 마테온이 함락되고 말리라.

그러면 그의 가족, 친구, 연인들의 목숨도 더는 안전하지 못하게 되리라.

그렇게 생각하자 루시드는 피곤해도, 죽을 만큼 힘들어도 포기할 수가 없었다. 정말로 죽을 것 같은 피로 때문에 눈앞이 깜깜하게 변하고 귀가 먹먹해져도 쉴 수가 없었다.

그러면서 동시에 그는 속으로 외쳤다.

'제발 누가 나서서 도와줘!'

살아오면서 이렇게 간절하게 뭔가를 바랐던 적은 없었다.

그도 알고 있었다.

이미 자신도, 동료들도 한계를 넘었음을.

이제 얼마 버티지 못할 것임을.

의지의 여부를 떠나 이곳이 함락되기 직전이라는 사실을.

게다가 든든한 88 전사들과 가디언들도 어느새 교황과 검황을 막아서는 데에 모든 힘을 기울이고 있는 처지였다.

그 때문에 성벽 위의 병사들이 광마병들을 고스란히 감당해야 했고, 지금의 루시드처럼 급격하게 지치게 된 것이다.

비단 루시드가 있는 이곳 성벽뿐만이 아니었다.

마테온의 모든 방향의 성벽 위 병사들이 거의 비슷한 상태였다.

새하얗고 커다란 실루엣이 수직으로 내리꽂히듯 성벽 위에 등장한 것은, 마침내 쓰러진 루시드의 주검 위로 광마병들이 물밀 듯 요새로 들어오기 시작한 시점이었다.

콰아아앙!

수직으로 내리꽂힌 새하얀 실루엣!

그 돌연한 등장과 함께 요새 안으로 들어오려던 광마병들이 모두 주춤했다.

단순한 놀람 때문이 아니었다.

본능적인 경계심이 그들의 발을 묶어 놓았다.

뭉게뭉게 피어오른 저 흙먼지 속에 방금 내려온 하얀 무언가가 있다고, 위험하다고, 함부로 움직이지 말라고.

바람이 불어왔다.

이윽고 긴장한 광마병들 앞에 하얀 실루엣의 실체가 드러났다.

콰아아아앙!

흙먼지 속에서 폭발적인 기세로 바닥을 박차고 튀어나온 하얀 거구!

"별 거지 같은 것들이 어디서 설치고 있냐!"

콰지지직!

외침과 함께 내지른 주먹 한 방에 광마병 수십 마리가 한꺼번에 가루가 되어 사라졌다.

광마대제였다.

그의 등장과 동시에 전장의 모든 광마병들의 움직임이 멈추었다. 움직이고 눈에 띄면 죽는다, 라는 본능적인 공포가 광마병들의 의식을 지배했다.

순식간에 광마병들의 공격이 그치자 비로소 성벽 위의 병사들은 전열을 수습할 수 있었다.

그리고 광마대제는 자신이 움직이는 경로의 모든 광마병을 태양의 불꽃으로 태워 버리며 성벽을 내려가 전장을 가로질렀다.

그가 향하는 곳엔 밀라스와 한창 치열한 격전을 벌이고 있는 교황이 있었다.

광마대제가 피식 웃었다.

"저놈도 오랜만이네."

예전, 제국 황도 앞에서 시슬란과 싸운 이후로 6년 만에 보는 교황이었다. 하지만 광마대제는 당시에 교황이 보였던 배신행위를 잊지 않고 있었다.

"우선 네놈부터다."

콰드드드드!

지축을 울리며 직진!

한창 밀라스에게 광휘의 빛을 쏘아 내보내던 교황은 광마대제의 돌진을 한발 늦게 깨닫고 말았다.

"……허?"

교황이 깨달았을 땐 이미 광마대제가 지척까지 돌진해 온 상태였다. 그리고 그가 고개를 돌렸을 땐 이미 광마대제가 내지른 주먹이 바로 코앞까지 달려든 상태였다.

콰지직!

"……!"

비명도 지르지 못한 교황의 몸뚱이가 모래언덕을 수십 바퀴나 구르며 날아가 처박혔다. 그 몸뚱이 위의 머리는 이미 흔적도 없이 날아가 버린 상태였다.

더 볼 것도 없는 절명.

부활의 사도의 한 축으로 오랜 세월을 군림해 온 교황의 과거를 생각하자면 허망할 정도의 최후였다.

후우우웅……!

강력한 돌격이 부른 바람이 뒤늦게 불어와 사방에 몰아쳤다.

그 바람을 맞으며 가디언 밀라스는 저도 모르는 사이 다섯 걸음이나 뒤로 물러섰다. 자신과는 비교도 되지 않는 광마대제의 강력한 기세에 질려 버린 까닭이었다.

그러나 광마대제는 눈앞의 밀라스에게는 신경도 쓰지 않고 다음 목표물을 향해 고개를 돌렸다.

검황이었다.

움찔!

광마대제가 노려보는 순간, 검황의 전신이 움찔거렸다.

그는 운이 좋은 편이었다.

교황이 광마대제의 첫 번째 목표가 된 것은 순전히 그냥 광마대제의 기분에 따른 결과였다. 만약 검황이 조금만 더 가까운 곳에 있었다면 첫 번째 목표는 교황이 아닌 검황이 되었을 것이고, 아무런 대비도 못 한 상태에서 교황처럼 손도 못 써보고 죽임을 당하고 말았을 것이다.

그러나 검황은 광마대제와 눈이 마주치자마자 깨달은 사실이 있었다. 광마대제의 강력함은 자신과 비교하는 것이 민망할 정도라는 것을.

이 상태에서 광마대제가 자신을 향해 달려든다면, 자신이 아무리 대비를 한다 해도 결국엔 죽임을 당할 수밖에 없다는 것을.

아니, 어쩌면 교황처럼 영문도 모른 채 일격에 죽어 버리는 게 차라리 깔끔할지도 모를 일이었다.

그렇듯 검황이 흐르는 식은땀과 함께 이대로 도망칠 것인가를 고민하는 짧은 사이에 광마대제는 이미 땅을 박차고 검황을 향해 돌진을 시작하고 있었다.

광마대제의 모습이 폭발적으로 커져 보였다.

"망할!"

더는 볼 것도 없었다.

어설픈 저항이나 반격이 통할 상대가 아니다.

검황은 도주를 결심했다.

그러나 광마대제는 검황의 예상보다도 훨씬 빨랐다. 저 거구 어디에서 그런 속도가 나오는 것인지, 검황이 미처 도망칠 자세도 갖추지 못한 사이에 이미 검황의 근처까지 돌진해 오고 있었다.

'죽는다!'

온다 싶었는데 벌써 주먹이 날아왔다.

검황의 안색이 창백해졌다.

그 순간이었다.

쩌엉—!

검황의 바로 앞에서 광마대제의 주먹이 멈추어지며 강력한 충격파가 사방으로 퍼져 나갔다.

검황은 퍼뜩 정신을 차리고 눈을 부릅떴다.

어느새 자신의 얼굴 바로 앞에 투명한 막이 생겨나 광마대제의 주먹을 가로막고 있었다.

"오랜만이군요, 크라갈 오라버니."

냉랭한 목소리가 광마대제와 검황 사이로 끼어들었다.

그리고 두 존재에게서 얼마간 떨어진 곳에 수시아가 모습을 드러냈다.

"아니, 이젠 광마대제라고 불러 드려야 하려나?"

그녀가 광마대제를 향해 고개를 갸웃했다.

카드드득!

그녀를 돌아보는 광마대제의 턱에서 이 갈리는 소리가 났다.

광마대제와 수시아의 눈빛이 허공에서 부딪쳤다.

7장.

광마대제와 수시아

1

바람이 불었다.

건조한 모래 섞인 사막의 바람을 맞으며 수시아는 고개를 들어 하늘을 올려다보았다.

머나먼 과거가 떠올랐다.

한때는 샤과 크라갈, 그녀까지 셋이 언제나 함께였던 시절이 있었다. 앞으로 언제나 함께하자고, 어떤 운명이 닥쳐와도 모든 순간들을 함께 이겨 내자고 다짐하던 시절이 있었다.

그러나 그런 다짐은 그들이 지닌 운명의 무게에 비하면 너무나 하잘것없는 것이었다.

로열블러드의 숙명 앞에 모든 것이 무너졌다.

제일 먼저 로열블러드의 능력을 각성한 이는 바로 수시아 그녀였다.

그녀의 능력은 예지력이었다.

그 각성의 순간, 그녀는 모든 미래를 보았다. 불투명한, 변동의 여지가 있는 미래들도 모조리 보았다. 어떤 미래의 경로가 얼마만큼의 가능성을 지니고 있는지도 모두 알 수 있었다.

그 끝에 그녀는 깨달았다.

그들이 했던 우정의 다짐이 그들이 지닌 숙명의 무게에 비해 얼마나 보잘것없는 것인지를.

그 후로 그녀는 자신의 숙명을 적극적으로 받아들였다.

미래를 예지한다는 것은 굉장한 힘이었다.

그녀는 샨과 크라갈이 어느 시기에 로열블러드로 각성하는지도 미리 알 수 있었다.

그 시기에 맞추어 두 사람의 사이를 갈라놓았다.

애초부터 자신에게 애정을 지니고 있던 크라갈의 다혈질적인 성격을 알고 있었으니 그 일은 전혀 어렵지 않았다.

날이 갈수록 샨과 크라갈의 사이는 벌어졌고, 마침내 그 상태에서 두 사람은 로열블러드로 각성하게 되었다. 그리고 수시아가 그랬던 것처럼 서로를 잡아먹어 최후의 한 사람이 되어야 하는 로열블러드의 숙명을 깨달아 버렸다.

그렇게 샨과 크라갈이 충돌했다.

승자는 샨이었다.

수시아는 그 순간을 노리고 있었다.

당시 그녀는 셋 중에 가장 약했다. 샨과 크라갈, 어느 쪽과 정면으로 대결해도 승산이 없었다.

오로지 가능성이라곤, 두 사람이 대결 끝에 지친 순간을 노리는 수밖에 없었던 것이다.

그렇게 기회가 왔다.

하지만 그 순간, 샨은 수시아의 예지 능력이 가장 가능성이 낮다고 예견했던 선택을 해버리고 말았다.

자신에게 패배한 크라갈을 마나 크리스털에 봉인해 버리고, 샨 자신은 새로운 차원인 루나티카를 만들어 그곳으로 도피해 버린 것이다.

수시아는 말 그대로 닭 쫓던 개의 신세가 되고 말았다.

분통을 터뜨렸지만 어쩔 수가 없었다.

그녀에겐 샨을 뒤쫓아 루나티카로 갈 능력이 없었다. 설령 간다 하더라도 그사이에 힘을 회복한 샨과 정면 대결을, 그것도 샨이 창조한 그의 세계에서 치러야 하는데 그건 절대로 승산이 없는 일이었다.

그럼 크라갈은?

그녀는 광마대제 크라갈이 봉인된 마나 크리스털을 찾았지만 마나 크리스털은 마나 홀을 통해 강력한 봉인이 걸린 상태였다.

갖은 방법을 동원했지만 그녀는 봉인을 풀지 못했다.

그저 남들에게 마나 크리스털을 빼앗기지 않기 위해 가디언들을 세워 두고 그걸 지키기만 할 수 있었을 뿐.

그 시점에서 그녀는 바뀐 상황에 맞추어 다시 미래를 예지했다.

수많은 가능성과 다양한 미래의 갈림길들이 보였다.

잘못된 예견을 했던 예전의 실수를 반복하지 않기 위해, 그녀는 오랜 세월을 들여 모든 가능성을 타진했다.

그리고 결론을 내렸다.

먼 미래에 샨의 후손, 동시에 샨의 환생자가 루나티카의 환란에 떠밀려 이곳 솔라리스로 오게 될 것이라고. 그가 바로 마나 크리스털의 봉인을 풀어 줄 인물이라고.

그가 바로 시슬란이었다.

그래서 그녀는 오랜 세월을 통해 준비했다.

먼 미래에 시슬란이 도착할 호수 근처에 로젠 백작가를 세웠다.

로젠 백작가의 시조가 바로 수시아였던 것이다.

그리고 그녀는 자신의 수명이 다하자 로젠 백작가의 후손들의 육신 속에 자신의 영혼을 기생시켰다. 언젠가 때가 되면 깨어날 날을 기다리며.

그렇게 기나긴 세월이 지났고, 그녀의 후손이자 영혼의 숙주인 카탈리나가 태어났다. 시슬란이 솔라리스에 도착해 카탈리나와 만났고, 마침내 그녀는 깨어날 수 있었다.

"기나긴 세월이었죠."

"그리고 이제 그걸 끝장낼 때가 됐지. 너무 지긋지긋하잖아?"

광마대제가 비웃으며 그녀의 말을 받아쳤다.

그리고 그 말이 끝나기도 전에 광마대제의 모습은 그 자리에서 사라져 있었다.

쩌어엉!

광마대제의 커다란 주먹이 수시아의 면전에서 강력한 충격파를 뿜어내며 멈추었다.

어느새 냉기로 이루어진 방어막이 만들어져 광마대제의 주먹을 막아 냈다.

수시아의 입술이 휘어졌다.

"겨우 이 정도? 날 너무 쉽게 보시네요?"

쩌정!

"……!"

광마대제의 거구가 통째로 밀려났다.

수시아의 두 손에서 냉기의 장벽이 쏟아져 나와 광마대제의 주변을 휘감았다.

물론 광마대제도 가만히 있지만은 않았다.

화르르륵!

끔찍한 열기가 광마대세의 전신에서 뿜어져 나와 냉기의 장벽을 단숨에 밀어냈다. 그뿐만 아니라 열기가 너무나 뜨거운 나머지 주변 바닥의 모래가 모조리 녹아 유리처럼 매끈하게 변해 버렸다.

그 위로 다시 냉기의 다발이 쏟아졌다.

콰아앙! 콰앙! 쩌적!

두 존재가 정면으로 격돌하자 그 여파는 상상을 초월했다.

화아악!

열기와 냉기의 충돌에 따른 충격파가 사방으로 질주했다. 사막의 모래언덕이 모조리 밀려났고, 지형이 변해 버릴 정도였다.

그 폭풍 속에서 버틸 수 있는 광마병은 없었다.

그나마 인간보다는 나은 완력을 바탕으로 버텨 보았지만 붙잡을 풀 한 포기 없는 사막인지라 속절없이 폭풍에 쓸려 멀리까지 날아가고 말았다.

반면, 마테온 요새 성벽은 상대적으로 안전했다.

이상하게도 충격파와 폭풍은 수시아의 등 뒤쪽인 사막 방향으로만 강하게 몰아쳤고, 광마대제의 등 뒤쪽인 요새 방향으로는 상대적으로 약하게 전해졌다.

물론 강한 바람이 불어오긴 했다. 그러나 병사들이 주변의 건물이나 무거운 물건을 붙잡고 버틸 정도는 되었다. 만일 사막 방향으로 퍼지는 충격파와 바람이 요새로 똑같이 전해졌다면, 병사들이 날아가는 것은 물론이고 요새 자체가 무너졌을지도 모를 일이었다.

"대단하군……."

미친 듯이 불어오는 바람 속에서 휘날리는 실눈을 뜨며 광마대제와 수시아의 격렬한 싸움을 보던 아리안이 감탄했다.

지금 눈앞에서 펼쳐지는 싸움이 과연 이 세상의 것일까, 하는 의문이 들 정도였다. 꿈에서도 상상하지 못한 거대한 힘과 힘이 눈앞에서 격돌하고 있으니 그가 그렇게 생각하는 것도 당연했다.

그리고 아리안이 감탄하는 또 다른 이유도 있었다.

바로 광마대제의 위력이었다.

콰아앙! 콰앙!

둘의 격돌이 이어질수록 요새를 향해 달려오는 충격파와 폭풍이 조금씩 약해졌다.

반면, 수시아의 등 뒤쪽으로 전해지는 충격파와 폭풍은 시간이 갈수록 강해졌다.

그 이유는 자명했다.

"광마대제의 힘이 점점 수시아를 압도하고 있군……."

똑같은 힘이었다면 둘 다의 등 뒤로 비슷한 충격파와 폭풍이 휘몰아쳤을 것이다.

그러나 결과는 달랐다.

광마대제의 위력이 상대적으로 더 강했고, 그렇기에 수시아가 조금씩 밀려났다. 그리고 상대의 힘을 제대로 해소해 내지 못하는 상황이 등 뒤로 번지는 충격파와 폭풍의 위력으로 극명하게 드러나고 있었다.

반면, 아리안의 곁에서 함께 싸움을 지켜보던 야니카는 입술을 꾹 깨물고 안타까운 눈빛을 보내고 있었다.

'아가씨…….'

그녀의 눈길은 수시아를 향해 있었다.

아니, 정확하게는 카탈리나를 향해 있었다.

아무리 지금의 저 존재가 로열블러드인 수시아라고 해도, 수시아에게 육체를 빼앗기기 전엔 카탈리나였다. 로젠 백작가의 당당한 여백이었고, 야니카의 주군이었으며, 그녀와 함께 자란 자매나 다름없는 존재였다.

그런 카탈리나가, 자신의 의지와는 전혀 상관없이 수시아에게 육체를 빼앗겨 저렇듯 험한 싸움을 벌이고 있었다.

야니카는 당장에라도 달려가 싸움을 멈추게 하고 카탈리나를 되찾고 싶은 심정이었다.

그러나 그게 불가능하다는 건 야니카도 잘 알고 있었다.

그렇기에 싸움을 보는 야니카의 기분은 복잡하고 참담하기만 했다.

그사이, 격렬한 싸움의 승패가 윤곽을 드러내기 시작했다.

콰아아앙!

쩌엉!

"크흑!"

수시아가 처음으로 뒤로 한 발 물러섰다.

광마대제가 크게 한 걸음을 내디뎠다.

"크핫하하하!"

콰아아앙!

다시 내지른 주먹!

끔찍한 열기가 뿜어져 나와 수시아를 향해 휘몰아쳤다.

수시아가 발작적으로 냉기를 뿌려 열기를 막아 냈다.

쩌엉!

"으윽!"

수시아가 다시 한 발 물러섰다.

이젠 광마대제가 두 걸음 크게 성큼 앞으로 나왔다.

콰아앙!

쩌정!

광마대제가 주먹과 열기를 뿜을 때마다 그걸 간신히 막은 수시아가 뒤로 물러났다. 그때마다 그녀의 얼굴이 고통으로 일그러졌다.

"이제 우리의 끔찍한 인연도 여기서 끝을 내자꾸나!"

승기를 붙잡은 광마대제가 포효하며 더욱 거칠게 수시아를 몰아쳤다.

수시아의 얼굴이 고통으로 더욱 일그러졌다.

그러다가 마침내 더는 물러설 수 없는지 그녀가 비장한 표정을 지었다.

"그래, 좋아요! 여기서 끝내죠!"

화아아아악!

그녀의 전신에서 소름 끼치는 기운과 함께 냉기가 폭주하듯 뿜어져 나왔다. 그리고 광마대제의 열기에 반항하듯 정면으로 맞부딪쳤다.

쩌어어엉!

거대한 종이 울리듯 굉음이 몰아쳤다.

광마대제의 열기가 막혔다.

수시아의 입가에 회심의 미소가 떠올랐다.

그 순간이었다.

굉음과 충격파를 비집고 거대한 주먹이 불쑥 수시아의 가슴을 향해 날아들었다.

광마대제의 주먹이었다.

푸확!

"……!"

수시아의 전신이 격하게 경련했다.

그런 그녀의 가슴에는 이미 커다란 구멍이 뚫려 있었다. 광마대제의 주먹이 그녀의 몸을 꿰뚫어 버린 것이다.

"잡았다."

광마대제의 입가에 난폭한 미소가 피어났다.

그러나 부들부들 전신을 떨고 있는 수시아를 보는 그의 눈빛은 달랐다.

그의 눈은 전혀 승리의 기쁨을 담고 있지 않았다.

오히려 슬퍼 보였다.

"길고 긴 인연이 이렇게 끝나는구나, 수시아……."

"오라버니……?"

"미안하다."

회한이 서린 목소리로 광마대제가 말했다.

그의 말은 진심이었다.

그는 먼 옛날 자신이 샨과 반목하지만 않았더라면, 어쩌면 모든 것이 달라졌을지도 모른다고 생각했다. 누구에게도 입 밖으로 꺼내어 말하진 않았지만 그런 생각을 아주 오랫동안 품고 있었다. 대리석으로 만들어진 몸뚱이에 갇혀 아주 기나긴 세월을 말이다.

"나도 미안해요."

수시아가 떨리는 눈동자로 광마대제를 올려다보며 말했다.

그녀의 입가에 파르르, 미소가 피어났다.

그것은 회심의 미소.

사나운 미소였다.

"정말…… 미안하네요?"

퍼석!

"……!"

광마대제의 거구가 벼락을 맞은 듯 크게 경련했다.

어느새 그의 등엔 냉기의 창이 다섯 자루나 깊게 솟아 나와 있었다.

광마대제가 믿기지 않는 눈초리로 품속의 수시아를 내려다보았다.

"너…… 너……?"

품속에 있던 수시아는 이미 수시아가 아니었다.

냉기의 창으로 변해 그의 가슴을 꿰뚫고 있을 뿐이었다.

그리고 품속의 냉기 덩어리와는 전혀 상관없는 먼 곳의 허공에서 수시아의 목소리가 들렸다.

"후후…… 내가 당신과 똑같이 무식한 방법으로 정면 대결을 고수하리라 생각했었나요, 설마?"

"그런……! 그럼 방금 이건?"

"제 냉기로 만든 인형과 잘 노시더군요. 어머나, 취미가 그런 쪽이셨나?"

"크, 크아악! 이런 망할 계집이……!"

분기탱천한 광마대제가 벌떡 일어났다.

다섯 자루의 냉기의 창이 그의 몸통을 꿰뚫고 있었지만, 그는 그런 것엔 전혀 신경도 쓰지 않았다.

광마대제의 머릿속은 분노로 완전히 이글이글 타오르고 있었다.

방금까지 수시아에게 품고 있었던 미안한 감정들, 그것이 속았다는 감정에 의해 더욱 큰 분노로 폭발해 버렸다.

죽인다!

갈가리 찢어 죽여 버린다!

눈이 뒤집힌 광마대제가 수시아를 향해 돌진했다.

그러나 그의 몸은 분노한 정신과 달리 이미 중상을 입은 상태였다.

콰드득, 콰득!

냉기의 창에 꿰뚫린 자리가 급속도로 얼어붙기 시작했다.

그런 상태에서 급격히 움직이자 얼어 버린 대리석 조각들이 부스러지며 몸체에서 우수수 떨어져 나갔다.

하지만 광마대제는 그마저도 신경 쓰지 않았다.

그의 머릿속은 오로지 수시아를 죽어 버린다는 일념으로만 가득 들어차 있었다.

"크아아아아아!"

화르르르륵!

그 어느 때보다도 격렬한 열기가 광마대제의 전신에서 피어났다.

하지만 그 열기 속에서도 몸통에 꽂힌 냉기의 창은 전혀 녹지 않았고, 그마저도 간과한 것이 그의 치명적인 실수가 되었다.

돌진해 오는 광마대제를 보던 수시아의 눈초리가 경멸의 감정으로 물들었다.

"무식해, 예전이나 지금이나. 발전이 없어."

딱!

그녀가 손가락을 튕기는 순간.

좌아아아아악!

광마대제의 몸통을 관통해 있던 냉기의 창 다섯 자루가 격렬한 회전을 시작했다.

"……크아아아어악!"

광마대제의 몸통에 만들어진 구멍이 급속도로 커졌다.

냉기가 순식간에 그의 전신을 뒤덮었다.

광마대제의 몸에서 피어나던 열기가 모닥불 꺼지듯 사그라졌다.

광마대제는 수시아를 향한 돌진을 마무리 짓지도 못하고서, 결국엔 그 자리에 우뚝 멈추어 서고 말았다.

"커윽……! 허억!"

온몸이 떨렸다.

얼어붙은 대리석 육신의 중심에서부터 커다란 금이 쩍쩍, 전신으로 번져 갔다.

"어떤가요, 내게 굴복하는 느낌이?"

"크으……!"

광마대제는 자신이 패배했다는 사실을 깨달았다.

이제는 돌진은커녕 손가락 하나 까딱할 힘도 없었다.

그나마 남은 힘과 정신력으로 버티고 서 있는 것이 전부, 최후의 자존심을 지키기 위해 무릎을 꿇지 않도록 혼신의 힘을 다하는 것이 전부인 상태였다.

"크으…… 크아아아!"

포효하며 버티는 동안에도 냉기의 창은 계속 회전하고 있었다. 온몸이 급속도로 얼어붙어 목 아래로는 이제 움직일 수도 없게 되어 버렸다.

그런 그를 향해 수시아가 천천히 다가왔다.

"길게 끌 필욘 없겠죠? 그럼 이만 작별이려나?"

광마대제의 어깨를 쓸어 만지듯 쓰다듬으며 수시아는 나머지 손을 그의 머리에 얹었다.

수시아의 손바닥에 지금까지와는 차원이 다른 힘이 집중되기 시작했다.

"잘 가세요."

광마대제가 이를 갈았다.

수시아가 웃었다.

그 순간이었다.

샤아아아아아!

돌연 수시아의 등 뒤에서 그림자가 미친 망령처럼 일어나 춤을 추기 시작했다.

8장.

돌아온 시슬란

1

샤아아아!

"……!"

그 일은 순식간에 벌어졌다.

그림자가 망령처럼 일어서서 미친 듯이 춤을 춘다 싶은 순간이었다.

콰지직!

광마대제의 몸통을 꿰뚫은 채 회전하고 있던 냉기의 창 다섯 자루가 수수깡 부러지듯 너무나 간단하게 꺾여 버렸다.

그 상황에 가장 먼저 반응한 건 수시아였다.

그녀는 본능적으로 자리를 박차고 빛살처럼 빠른 속도로

뛰어올랐다.

그 직후, 그녀가 있던 공간 자체가 그림자에 잠식되어 안쪽으로 비틀려 버렸다.

만일 수시아가 조금만 늦게 반응했다면 저 기세에 휘말려 온몸이 으스러졌을지도 모를 일이었다. 그걸 깨달은 수시아의 목덜미에 식은땀이 솟아났다.

그리고 그 직후, 수시아는 광마대제의 모습이 사라졌다는 사실을 깨달았다.

"어?"

가슴이 철렁했다.

그녀는 광마대제를 죽여 그의 로열블러드의 능력과 힘을 흡수할 생각이었다.

그런데 광마대제가 사라져 버렸다.

그녀의 계획에 중대한 차질이 생겨 버린 것이다.

"시슬란?"

이윽고 그녀는 방금 자신을 습격했던 힘이 그림자였다는 사실을 상기했다.

그림자를 쓰는 존재는 루나리언, 그것도 저런 위력을 내는 인물은 시슬란밖에 없다.

이곳에 시슬란이 오리란 사실을 예지하고서 일을 벌이긴 했지만, 이런 타이밍에 등장할 줄은 몰랐던 수시아로선 뒤통

수를 맞은 기분이었다.

"어디 있는 거지?"

분명 광마대제를 빼돌린 것도 시슬란이리라.

그녀는 필사적으로 주변을 탐색했지만 시슬란과 광마대제의 모습을 찾을 순 없었다.

사실 그때 시슬란과 광마대제는 수시아의 그림자 속에 숨어 있었다.

2

"여긴…… 어디냐……?"

"수시아의 그림자 속."

광마대제의 물음에 시슬란이 건조하게 대답했다.

광마대제는 신기한 눈으로 이 공간을 바라보았다.

끝없이 펼쳐진 대지.

지평선조차 보이지 않았고, 그나마 지평선이라고 추측되는 선들도 기이하게 살아 꿈틀거리듯 일렁이고 있었다.

그런가 하면 하늘은 시커먼 어두운 빛깔이었다.

그러나 밤처럼 어두운 것과는 또 달랐다.

마치 거대한 그늘이 진 듯, 얼룩이 움직이듯 쉴 새 없이 꿈틀거리는 하늘이었다.

계속 쳐다보고 있다간 멀미가 날 것 같았다.

광마대제는 그 하늘에서 시선을 거두며 시슬란에게 물었다.

"너…… 날 흡수할 생각이냐?"

시슬란은 대답하지 않았다.

다만, 묵묵히 그를 내려다볼 뿐이었다.

그걸로 이미 대답은 충분했다.

광마대제도, 시슬란도 그걸 알고 있었다.

광마대제가 피식 웃었다.

"하긴…… 어차피 난 틀렸다. 차라리 네놈처럼 인간의 육신이었다면 네놈에게 해주었던 것처럼 되살릴 희망이라도 있겠는데, 이딴 육체로는 틀렸어. 방법이 없군."

"그리 생각하오?"

"뭐?"

"내 생각은 조금 다르오."

시슬란의 손이 움직였다.

샤아아아…….

그의 손짓에 따라 피어난 그림자가 광마대제의 몸통을 뒤덮었다. 그리고 그의 몸속 깊숙이 침투한 냉기를 뽑아내기 시작했다.

그것뿐만이 아니었다.

시슬란의 손이 움직이는 경로를 따라 부서졌던 광마대제의 대리석 육체가 저절로 복구되어 갔다.

광마대제의 눈이 휘둥그레졌다.

"이건…… 어떻게?"

믿을 수 없는 일이었다.

사실 광마대제의 대리석 육체는 크고 강력하지만 그만큼 치명적인 약점이 있었다.

바로 대리석 육체 자체가 약점이었다.

생명체의 몸이 아니기에 부서지거나 손상되면 절대로 회복이나 복구가 불가능했다. 부서진 부분을 아교로 이어 붙인다 해도 소용이 없었다.

게다가 이 대리석상은 애당초 샨 대제가 광마대제의 영혼을 봉인하기 위해 만든 그릇이자 감옥이었다. 그렇기에 이런 기능적인 한계가 명확한 것이었다.

그래서 수시아에 의해 이 대리석 육체가 파괴되는 순간, 이미 광마대제는 자신이 끝났다는 걸 직감했다.

어떻게 해도 치료하거나 복구될 방법이 없으니 당연한 생각이었다.

그런데 지금, 눈앞에서 시슬란은 그 당연한 상식을 너무나 손쉽게 부숴 버리고 있었다.

"뭐, 뭐냐, 이건!"

"쉿, 조용히. 집중이 필요하오."

"……."

광마대제는 신기한 생물을 바라보듯 시슬란을 쳐다보았다.

시슬란은 그런 광마대제의 시선엔 신경도 쓰지 않았다.

사실 그는 지금 고도의 집중을 요하는 작업을 하는 중이었다. 바로 광마대제의 진혼을 매만져 그의 대리석 육신을 복구시키는 일이었다.

진혼은 모든 사물을 규정하는 본질이다.

물질이 물질로서 이 세상에 존재할 수 있도록 규정하고 관념과 물질 사이를 이어 주는 교량과 같은 역할을 한다.

그렇기에 모든 물질의 진혼은 그 성격이 달랐다.

특히나 강력한 힘을 지닌 물질일수록 진혼의 특성도 극단적이거나 강력한 경우가 많았다.

광마대제의 진혼이 그랬다.

일전에 불한당들의 진혼이 시슬란의 의지에 따라 손쉽게 날려 버릴 수 있는 낙엽과 같은 것들이었다면, 광마대제의 진혼은 그 하나만으로도 이미 거대한 산보다도 더욱 무거운 존재감을 지니고 있었다.

그렇듯 압도적인 존재감을 지닌 진혼이었기에 그것을 마

음대로 주물러 원하는 형태로 복구하는 것은 결코 쉬운 일이 아니었다.

시슬란의 이마에서 땀이 뚝뚝 떨어졌다.

샤아아아아……!

얼마나 시간이 흘렀을까.

마침내 광마대제의 대리석 육체가 완전히 복구되었다.

시슬란을 보는 광마대제의 표정이 더욱 복잡해졌다.

"너, 날 믿는 거냐?"

"……."

"내가 보기에 네놈은 지금 꽤나 큰 힘을 소모한 것 같은데. 너도, 나도 로열블러드인 존재. 내가 지쳐 있는 네놈을 죽여서 그 힘을 흡수할 거라는 생각은 안 하는 건가?"

"그럴 거라면 진즉 했겠지."

시슬란의 말에 광마대제가 움찔했다.

"그대는 죽어 가는 날 살리지 않았소? 날 흡수할 생각이 있었다면 얼마든지 기회가 많았을 텐데, 왜 그러지 않았지?"

한참의 고민 끝에 광마대제가 짓씹듯 말했다.

"그럴 수…… 없으니까."

광마대제의 말이 이어졌다.

"이 빌어먹을 대리석 육체로는 싸우는 것 외엔 아무것도 못 해. 다른 로열블러드의 힘을 흡수하는 것은 물론이고. 샨,

그놈이 내게 얼마나 큰 족쇄를 채웠는지 이제 좀 알겠냐?"

"그래서 날 흡수하지 않고 살려 준 거요?"

"그래! 홧김에 네놈을 죽일 수도 있었지만, 그랬다간 자칫 수시아 그년이 네 힘을 가져갈 거라 생각해서 그랬다, 왜!"

"고맙소."

"뭐?"

"그대의 현명한 생각이 우리 둘 모두를 살렸으니까. 그래서 제안을 하나 하고 싶소."

시슬란이 말했다.

"그대의 그 로열블러드, 내게 넘겨주시오."

"뭐라고?"

광마대제가 눈을 부릅떴다.

"방금 날 살려 놓고 다시 죽이겠다는 거냐?"

"아니요."

"그럼 방금 지껄인 소리는 뭐냐? 로열블러드를 가져가겠다는 말이 죽이겠다는 말 아닌가?"

"난 그대를 죽이거나 상하게 하지 않고 로열블러드만 빼가는 게 가능하오. 비결은 묻지 마시오. 답은 방금 그대를 살리면서 충분히 보여 준 듯하니까."

"……."

광마대제는 입을 다물었다.

도저히 불가능할 거라 확신했던, 자신을 회복시키는 일을 시슬란은 방금 해냈다.

대체 어떻게 한 건지는 모르겠지만, 어쨌건 결과적으로 시슬란이 그가 추측할 수 있는 범위를 넘어선 어떤 능력을 얻은 것이 분명했다.

광마대제가 물었다.

"그럼 그다음은?"

"수시아의 힘을 흡수하고 그녀를 멸할 것이오."

"간단하군. 좋다."

광마대제가 고개를 끄덕였다.

자신을 죽이지 않고 로열블러드만을 빼간다고 했다.

물론 시슬란을 완벽히 믿는 건 아니었지만, 어차피 자신은 방금 소멸했어야 할 몸이었다.

그걸 살려 준 시슬란이니 한 번쯤 믿고 맡겨 보아도 무방하리라.

게다가 자신을 죽이지 않고 로열블러드만 흡수할 거라는 부분이 제일 마음에 들었다.

사실 로열블러드의 숙명은 그에게 축복보다 저주처럼 느껴졌다. 그놈의 로열블러드의 숙명 때문에 샨과 멀어지고, 원수가 되어 싸우고, 이런 비참한 꼴이 되지 않았는가. 모두가 엇갈린 운명의 길을 걷게 되지 않았는가.

그런 로열블러드만 쏙 빼가 준다면, 그것도 목숨에 아무런 해를 끼치지 않는 거라면 광마대제의 입장에선 오히려 쌍수를 들어 환영하고픈 심정이었다.

마치 커다란 짐을 벗는 것 같은, 그런 후련한 기분마저 들었다.

광마대제가 그렇듯 고개를 끄덕이자 시슬란이 희미하게 웃었다.

"마치 이 말만 기다렸던 것 같군."

그의 손이 다시 움직였다.

샤아아아아……!

시슬란의 의식이 다시금 광마대제의 진혼으로 접근했다. 이번엔 아까보다 진혼의 더욱 깊은 곳까지 힘을 침투시켰다.

그러자 저 멀리, 광마대제의 진혼 가장 깊은 곳에 황금빛으로 일렁이는 구슬이 보였다.

그의 가장 내면에 핵처럼 자리하고 있는, 광마대제가 지닌 로열블러드였다.

시슬란의 힘이 광마대제의 로열블러드에 맞닿았다.

그 순간이었다.

화르륵!

로열블러드의 핵이 돌연 끔찍한 열기를 뿜어내며 시슬란의 힘을 밀어냈다.

동시에 광마대제가 몸을 들썩였다.

"커흑! 뭔 짓을 하는 거냐!"

자신의 내부에서 엄청난 기운이 제멋대로 진탕하자 광마대제도 기겁했다.

시슬란의 목덜미에 진땀이 흘렀다.

그는 눈을 감고서 다시 한 번 의식을 집중했다.

이번엔 그냥 힘을 진혼 속에 침투시키는 것이 아니라, 그 힘을 자신의 모습으로 구체화시켰다.

자신의 힘의 정수를 자신을 본 딴 모습으로 만들어 직접 광마대제의 진혼 속으로 탐험하듯 들어가는 셈이었다.

그러자 자연히 진혼의 내부가 전보다 세밀하게 보였다. 아무래도 직접 자신의 의식이 걸어서 들어가니 그렇게 보일 수밖에 없었다.

비단 보이는 것뿐만이 아니라 자신이 직접 그 진혼의 내부에 있는 듯 진혼의 기운이 온몸으로 고스란히 느껴졌다.

그렇게 진혼 내부를 걷던 시슬란은 한쪽에서 열기가 느껴진다는 사실을 깨달았다.

광마대제의 진혼 가장 깊은 방향이었다.

바로 그곳에 아까 자신의 기운을 밀어낸 광마대제의 로열 블러드가 있으리라.

시슬란의 걸음이 그곳으로 향했다.

가까이 다가갈수록 열기가 점점 극심해졌다.

'마치 예전 이블아이들의 소굴에 돌아온 것 같군.'

지하의 용암굴에서 생존을 위해 야니카와 함께 보냈던 시간들이 떠올랐다.

그러는 사이에 열기는 더더욱 끔찍하게 변해 갔다.

용암굴은 차라리 온천으로 느껴질 정도의 엄청난 열기를 뿜어냈다.

마치 태양의 내부로 들어온 것 같았다.

그리고 그 공간의 중심에, 태양을 수백 개나 합친 것처럼 찬란하게 빛나는 열기의 구체가 있었다.

광마대제의 로열블러드였다.

그런데 시슬란이 로열블러드에게서 일정 간격 안쪽으로 걸음을 들이밀었을 때였다.

화아아아악!

"……!"

돌연 로열블러드가 크게 요동치며 시슬란을 향해 열기의 덩어리를 쑥 내뻗었다.

마치 불꽃으로 만들어진 채찍, 혹은 거인의 팔이 시슬란을 향해 휘둘러지는 것만 같은 광경이었다.

게다가 불꽃의 채찍은 속도마저 시슬란의 예상을 훨씬 뛰어넘었다.

'실수다.'

시슬란은 자신의 실책을 인정했다.

무심코 이곳이 일상의 세계와 같다고 생각했던 점이 바로 실수였다.

이곳은 진혼의 내부.

일반적인 물리법칙이 통용되지 않는 관념의 세계였다.

그렇기에 생각과 반응도 거기에 맞추어서 해야 했다.

특히 로열블러드가 침입자를 감지하고 보이는 반응속도나 위력은 일반적인 그의 상식을 완전히 파괴할 만큼 경이로운 수준이었다.

휘릭! 촤아악!

그러나 시슬란도 그걸 깨달은 즉시 자신의 움직임을 자신이 지니고 있던 고정관념의 한계 밖의 영역으로 끌어올리는 데에 성공했다.

그는 도저히 원래의 육신으로는 보일 수 없는 동작과 속도를 연이어 선보이며 불꽃의 채찍을 피했다. 그리고 차근차근 로열블러드를 향해 접근했다.

로열블러드의 반항이 더욱 격렬해졌다.

그러다가 마침내, 시슬란이 손을 뻗으면 닿을 정도의 거리까지 접근하는 데에 성공했을 때였다.

지금까지 구체의 모습으로 있던 로열블러드의 모습에 급

격한 변화가 일어났다.

화아악!

"……!"

구체가 일그러진다 싶더니 찰흙이 늘어나듯, 혹은 불꽃이 폭발하듯 로열블러드가 크게 부풀었다.

그리고 이윽고 새로운 형태가 만들어졌다.

강력한 주둥이와 뿔, 튼튼한 목, 강철같이 단단한 어깨와 날개, 기다란 꼬리까지…….

그것은 불꽃으로 만들어진 용의 모습이었다.

모습을 드러낸 화룡이 포효했다.

쾨아아아아—!

동시에 시슬란도 전력으로 그림자를 일으켰다.

샤아아아아—!

화룡과 시슬란이 격돌했다.

화룡은 말 그대로 온몸이 무기였다.

놈에게 스치기만 해도 전신을 불태울 듯한 열기가 엄습해 왔다.

그러나 다행히 시슬란은 화룡을 직접 건드리지 않고도 공격할 수 있는 수단이 있었다.

그림자가 사슬처럼 움직여 화룡의 몸통을 묶었다.

캬아아악!

화룡이 미친 듯이 날뛰었다.

그럴 때마다 그림자 사슬이 녹아내리며 흩어졌다.

하지만 시슬란의 그림자는 끝없이 계속 일어나며 화룡의 전신을 묶었다.

그때부터는 인내력의 싸움이었다.

화룡이 지치느냐.

시슬란이 포기하느냐.

길고 긴 시간이 흐르는 동안에도 화룡은 지치지 않았고, 시슬란은 그림자 일으키기를 포기하지 않았다.

격렬한 싸움은 계속 이어지는 듯했다.

그러다가 갑자기 변화가 찾아왔다.

변화의 시초는 시슬란의 깨달음이었다.

'나는 여전히 내 관념의 경계 안에서만 이 상황을 대하고 있었구나.'

이곳은 실제의 세계가 아닌, 세계와 물질을 규정하는 진혼의 내부였다. 그러니 화룡이니 사슬이니 하는 형태에 얽매일 이유가 전혀 없는 곳이기도 했다.

하지만 시슬란은 자신의 눈앞에 보이는 상황에 의식을 맡기고 거기에 동화되어 어느새 자신도 거기에 맞춰 대응하고 있었던 것이다.

더는 그럴 필요가 없었다.

그걸 깨달은 시슬란은 그림자로 만들었던 사슬을 거두었다. 그러자마자 화룡이 기다렸다는 듯이 시슬란에게 달려들었다.

캬아아아아악!

화룡의 불꽃 이빨이 시슬란의 목을 꿰뚫었다.

하지만 시슬란은 화룡에게 목을 물리고도 눈 하나 깜빡이지 않았다.

실제의 자신이 물린 것이 아니다.

진혼 속으로 밀어 넣은 자신의 기운이 물린 것이다.

아니, 사실은 물린 것도 아니다.

그렇게 생각하는 것일 뿐.

시슬란은 자신을 거칠게 물어뜯는 화룡의 머리를 쓰다듬으며 말했다.

"그대도 나의 일부가 되어라."

캬륵?

화룡이 눈을 부릅떴다.

하지만 이미 상황은 화룡의 의지와는 상관없이 흐르기 시작했다.

일부가 되라는 말.

시슬란의 그 한마디에 강력한 의지가 깃들어 있었고, 어느새 화룡마저도 그 의지에 잠식되어 버리기 시작한 까닭이었다.

그러나 여기에는 로열블러드의 주인인 광마대제의 역할도 컸다.

만일 광마대제가 시슬란을 믿지 않거나 그에게 로열블러드를 넘기기 싫다고 생각하고 있었다면 시슬란의 의지가 아무리 강력하다 하더라도 로열블러드가 구체화된 화룡은 그의 의지에 동화되거나 굴복하지 않았을지도 모르는 일이었다.

그러나 광마대제는 이미 시슬란을 믿고 있었고, 로열블러드를 넘기겠다고 마음먹은 상태였다.

그렇듯 주인의 의식에 시슬란의 강력한 의지가 더해지자 마침내 화룡-광마대제의 로열블러드는 시슬란의 의지에 동화되어 그에게 흡수되기 시작했다.

샤아아아아아……!

뜨거운 열기에 시슬란의 그림자가 섞여 들어갔다.

그것은 기묘한 광경이었다.

스스로 그림자를 지닌 불꽃.

스스로 빛을 내는 그림자.

스스로 열기를 받아들이는 불꽃.

스스로 열을 내는 그림자의 탄생이었다.

화아아악!

광마대제의 내부에 똬리를 틀고 있던 거대한 힘이 시슬란에게로 흘러들어 가기 시작했다.

동시에 시슬란이 눈을 떴다.

3

"……뭐지?"

수시아는 돌연 비틀거렸다.

시슬란과 광마대제를 찾기 위해 정신을 집중하던 도중에 일어난 일이었다.

곧 그녀는 자신이 비틀거린 이유를 깨달았다.

자신의 그림자 때문이었다.

"……여기 숨어 있었군."

그녀의 그림자는 묘한 열기로 일렁이고 있었다.

단순히 사막의 열기 때문이 아니었다.

그림자의 중심에서 희미한 빛이 반짝였고, 열기는 거기서부터 흘러나오고 있었던 것이다.

"치잇!"

위기감을 느낀 수시아가 땅을 박차고 폭발적인 기세로 물러났다.

그러자 놀라운 일이 벌어졌다.

그녀의 그림자가 그녀의 몸에서 뚝 떨어져 버린 것이다.

하지만 그림자는 마치 그녀를 놓치지 않겠다는 듯 끈질기게 뒤를 따라왔다.

수시아의 손이 교차하며 땅으로 향했다.

좌아아아악!

강력한 냉기의 힘이 그림자가 다가오는 경로를 막아섰다.

그냥 보통의 정상적인 그림자였다면 냉기가 앞을 가로막건 말건 거기에도 그림자를 드리웠을 것이다. 마치 아무런 일도 없다는 듯이.

그러나 지금 수시아의 그림자는 달랐다.

쩌어엉!

그녀가 쏟아 낸 냉기와 충돌하자마자 그림자가 주춤했다. 동시에 강력한 힘의 반발력이 느껴졌다.

비로소 그녀는 확신했다.

시슬란과 광마대제가 다른 곳도 아닌 자신의 그림자 속에 숨어 있었다는 사실을.

자신의 그림자와 싸워야 한다는 게 조금 웃기긴 했지만, 수시아는 방심하지 않았다.

아니, 오히려 위기감을 느끼고 있었다.

광마대제는 다 죽어 가고 있었다.

그걸 시슬란이 데려갔다.

'위험해.'

그녀는 최악의 경우, 시슬란이 광마대제의 숨통을 끊고 힘을 흡수했을 거라 추측하고 있었다.

아니, 지금 상황으로 보아 그 최악의 경우가 사실이 될 확률이 가장 높았다.

'그러면 이길 수 있을까?'

광마대제와 시슬란의 로열블러드가 합쳐지면 감당하기 힘들지도 모른다.

물론 그런 상황을 가정하여 그동안 준비한 것이 있긴 하지만, 그래도 굳이 그렇게까지 상황을 만들고 싶지는 않은 것이 수시아의 솔직한 심정이었다.

'하지만 이미 그렇다면 어쩔 수 없지.'

고전은 하겠지만 지진 않으리라.

확률적 예지와 계산 끝에 결론을 내린 그녀가 자신을 향해 다시 스멀스멀 다가오기 시작한 그림자를 노려보며 말했다.

"이만 모습을 드러내시지요?"

그녀의 말을 알아듣기라도 한 걸까, 그림자가 우뚝 멈추었다.

기묘한 광경이었다.

아무것도 드리우는 물체가 없는데 혼자 바닥에 드리워진 그림자.

그리고 곧 그림자가 사람의 모습처럼 허공으로 일어섰다.

샤아아아…….

그 속에서 걸어 나온 이는 시슬란, 그리고 광마대제였다.

"호오?"

그 모습을 본 수시아가 빙그레 웃었다.

"힘을 흡수하지 않은 건가요?"

광마대제가 살아 있다는 건, 시슬란이 광마대제의 로열블러드를 흡수하지 않았다는 뜻이 아니겠는가.

그녀는 시슬란이 광마대제의 힘을 흡수하기보단 광마대제와 연합하여 자신과 대결하기로 결심한 것이리라고 추측했다.

'그렇다면 더욱 완벽한 나의 승리야.'

회심의 미소가 절로 그려졌다.

사실 그녀는 지난 6년 동안 그냥 놀고만 있었던 것이 아니었다.

그녀 나름의 준비를 치열하게 해왔다.

바로 시슬란 때문이었다.

'그때의 그 힘…….'

그녀는 6년 전의 대결을 떠올렸다.

냉기의 창에 꿰뚫려 빈사지경이 된 시슬란이었다.

그런데 대체 어떻게 한 것인지 그의 손짓 몇 번에 자신은 다리가 부러지지 않았는가.

물론 당시엔 그녀가 갓 각성했던 터라 능력이 완전히 개화하지 못한 까닭도 있었다.

그러나 지금도 그 힘에 대한 실체를 제대로 모르는 그녀였다.

그 점이 불안했다.

시슬란의 그러한 힘이 자신의 예지 범위에 없었다는 점이 더욱 그런 불안을 부추겼다.

그래서 지난 6년 동안 그녀는 자신의 힘을 더욱 증폭시키려 노력했다.

바로 광마병이 그 비결이었다.

수많은 인간들을 사로잡아 광마병으로 만들었다. 그러는 과정에서 엄청난 고통을 견디지 못한 인간들이 숱하게 죽어나갔다.

그러는 동안 느낀 모든 고통의 힘과 인간의 생명력이 그녀에게 흘러들어 갔다. 그리고 그녀의 로열블러드로 흡수되었다.

그뿐만이 아니었다.

광마병들이 누군가를 죽이거나 죽임을 당할 때도 마찬가지로 그 과정에서 생겨난 고통의 힘이 모두 그녀의 로열블러드에 흡수되었다.

이를테면 광마병은 단순한 장기의 졸로 쓰이기 위해 만들어진 게 아닌, 그녀의 힘을 강하게 해주기 위한 도구였던 셈이다.

그런 과정들을 거친 끝에 지금의 수시아는 예전과 비교할 수 없을 정도로 강해진 상태였다.

만일 예전의 그녀였다면 광마대제와의 정면 대결은 꿈도 꾸지 못했으리라.

그러나 이제는 그녀가 아닌, 그녀가 만들어 낸 인형도 광마대제와의 정면 대결에 어느 정도 버틸 능력을 갖추게 되었다.

물론 그녀가 직접 내는 능력은 인형과는 비교도 안 되는 것이 당연했다.

어쨌건 그렇기에 수시아는 시슬란이 광마대제의 토열블리드를 흡수하지 않은 이상 자신이 무조건 이길 것이라 생각하였다. 광마대제와 합심하여 자신에게 덤빈다 하더라도 결과는 마찬가지일 것이라고, 그리 판단한 것이다.

"그럼 시작해 볼까요?"

챠아아아아!

그녀가 자신만만하게 자신의 능력을 개방하기 시작했다.

6년 전과는 비교도 되지 않을 막대한 힘이 사방을 잠식하며 공기마저 얼려갔다.

그런데 그걸 보는 시슬란의 표정은 이상하리만치 덤덤했다.

혹시 그 미지의 능력을 믿고 있는 걸까?

그러나 시슬란이 미소 짓는 순간, 수시아는 지금까지 했던 자신의 모든 추측과 계산이 엇나갔음을 깨달아야 했다.

샤아아아아……!

화르륵!

시슬란의 전신에서 그림자가 피어났다.

그런데 그 그림자는 예전과 다른 모습이었다.

불꽃의 그림자였다.

"시작이 아니라…… 나는 그대를 끝내기 위해 온 것이다."

"무슨……!"

전혀 생각지도 못했던 광경에 수시아가 놀란 순간이었다.

화아악!

시슬란의 모습이 사라지는가 싶더니 수시아의 면전에 다시 나타났다.

"……!"

수시아의 전신에 소름이 돋았다.

9장.

로열블러드의
사명이 완수되다

1

샤아아아!

화르륵!

수시아는 정신을 차릴 수가 없었다.

시슬란의 능력이 자신의 예상과 너무나 달랐기 때문이다.

주변 모든 그림자에 불이 붙었다.

당연히 수시아의 그림자에도 불이 붙었다.

문제는 발아래 땅바닥에 깔린 그녀의 그림자뿐만이 아닌, 그녀의 몸 곳곳에 진 자연스러운 그림자와 그늘에까지 불길과 함께 끔찍한 열기가 타오르기 시작했다는 점이었다.

“허억!”

눈꺼풀과 코, 귀, 턱 아래가 화끈해지는 것을 느낀 그녀가 기겁하여 냉기를 일으켰다.

얼굴에 붙으려던 불길이 꺼졌다.

그러나 그때 이미 그녀의 옷 아래로 드리운 그림자엔 통째로 불이 붙는 중이었다.

“어딜!”

쵸아아아악!

수시아의 전신에서 쏟아져 나온 냉기가 불길을 가라앉혔다.

그러나 냉기는 그림자를 온전히 막아 내지 못했다.

샤아아아!

“흡!”

그림자의 칼날이 그녀가 있던 공간을 베었다.

수시아는 급히 뒤로 몸을 날려 피했다.

하지만 시슬란의 공격은 그게 다가 아니었다.

꾸욱.

시슬란이 수시아를 향해 손짓하며 허공에 대고 주먹을 쥐었다. 동시에 수시아는 와락 소름이 끼치는 감각을 느껴야 했다.

본능적으로 느껴지는 위기감!

그녀는 자신이 낼 수 있는 최대한의 속도로 그 자리를 벗어났다.

그 직후, 그녀가 있던 공간이 움푹 패며 난데없는 소용돌이가 생겨났다. 그곳에 있던 공기가 순식간에 소멸하며 벌어진 현상이었다.

시슬란이 그 공간의 진혼을 직접 건드린 것이다.

그런 시슬란을 보는 수시아의 등줄기로 식은땀이 흘렀다.

'예상과 너무나 달라!'

이런 건 자신의 예지에 없던 일이었다.

생각해 보면 항상 이랬다.

지금껏 수없이 긴 세월을 살아오며 그녀의 예지가 빗나간 적은 별로 없었는데, 유독 시슬란을 상대로 하는 예지는 번번이 빗나가기 일쑤였다.

아니, 정확히 말하자면 아득한 옛날 샨 대제도 그랬다.

시슬란이 그런 샨 대제의 환생자임을 생각해 보면 이번에도 시슬란을 상대로만 번번이 예지가 빗나가는 것은 단순한 우연이나 운의 나쁨 때문이 아니리라.

'그럼 차라리 예지에 의존하지 말아야 하려나?'

어쩌면 그게 나을지도 모르겠단 생각이 드는 수시아였

다.

어쨌건 지금 상황은 그녀에게 결코 유리하지 못했다.

원래 시슬란의 능력인 그림자에다 광마대제로부터 흡수한 불길의 능력, 거기에 수시아가 아직도 감을 못 잡고 있는 제3의 능력까지 갖춘 시슬란이었다.

'이대로 계속 대결해야 하나?'

언제나 의지하던 예지의 능력을 꺼버리자 막막함이 느껴졌다. 없다가 있을 때는 편리한 힘이지만, 항상 사용하다가 사라지니 그 허전함의 크기가 생각보다 컸다.

하지만 그녀는 자신 있었다.

이런 순간을 위해 준비한 광마병들이 있지 않은가!

"차압!"

좌아아아아악!

한차례 독한 냉기로 시슬란의 접근을 막았다.

그리고 그녀는 곧바로 사막 곳곳에 대열을 이루고서 모여 있는 광마병들을 향해 힘을 난사하기 시작했다.

좌아아악!

"키, 키에에엑!"

"크후악?"

광마병들은 영문도 모른 채 온몸이 순식간에 얼어붙어 터지거나 깨져 죽었다.

동시에 그렇게 죽어 나간 광마병들로부터 약간의 힘이 수시아에게 전해지기 시작했다.

하나하나는 미약했지만 그 숫자만 수십만에 달하다 보니 그 모두를 합친 규모는 어마어마했다.

기운이 수시아에게 집중되어 흡수되면서 그녀의 주위로 빙설의 폭풍이 몰아치기 시작했다.

사막의 기후가 무색하게도 곧이어 눈이 내렸다.

오아시스가 얼어붙었다.

하지만 그때, 수시아는 시슬란이 자신을 안타까운 눈초리로 보고 있음을 뒤늦게 깨달았다.

왜?

그녀의 머릿속에 의문이 떠오른 순간이었다.

시슬란이 허공을 향해 손짓하며 주먹을 말아 쥐었다.

그 주먹이 향하는 곳에 수시아의 심장이 있었다.

"……!"

덜컥!

심장이 멎는 기분은…… 그냥 착각인 걸까?

수시아는 반격하려 했다.

하지만 그럴 수가 없었다.

온몸에서 힘이 썰물처럼 빠져나갔다.

눈앞이 흐려졌다.

정신이 혼미해졌다.

땅이 가까워졌다.

둔한 충격.

'내가…… 쓰러졌어? 왜?'

그것이 수시아의 마지막 의식이었다.

2

전투는 끝났다.

수시아마저 쓰러지자 광마병들은 지리멸렬하기 시작했다.

"어차피 저것들, 방금 거의 다 죽거나 크게 다쳤어! 자, 돌격! 돌격이다! 놈들을 끝장낼 기회가 왔다!"

야니카의 외침과 함께 지금껏 성벽 위에서 숨을 죽이고 있던 병사들이 한꺼번에 일어섰다.

성벽 위 곳곳에서 사다리가 내려왔다.

사다리를 타고 병사들이 줄지어 성벽을 내려섰다.

원래 마테온에는 성벽만 있을 뿐 애초부터 성문이 없었다.

오아시스의 물길을 통해 외부와 교류하면 되는 마테온의

입장에선 유사시의 공성전 때 가장 방어가 어렵고 취약점이 되는 성문이 굳이 필요하지 않았다.

그렇기에 처음 요새를 만들 때부터 성문은커녕 어떤 육상으로의 출입구도 만들지 않았다.

그런 이유로 지금 병사들은 미리 만들어 둔 사다리를 이용하여 성벽 밖으로 내려오고 있는 것이었다.

그렇듯 그다지 신속하지는 못한 출격(?)이었지만 병사들의 사기는 하늘을 찌를 것만 같았다.

그들은 모두 보았다.

가디언들이 얼마나 치열하게 싸웠는지를.

대리석 전사들이 얼마나 용맹하게 싸웠는지를.

광마대제가 어떻게 교황을 단숨에 격살하였으며, 검황을 도망치게 만들었는지를.

비록 수시아의 등장과 함께 광마대제가 위기에 몰리긴 했지만, 이윽고 등장한 시슬란의 모습은 모두를 깜짝 놀라게 하기에 충분했다.

그리고 마침내 수시아마저 시슬란의 손에 의해 쓰러지자 병사들은 드디어 그동안 자신들이 기다려 온 순간이 왔음을 깨달았다.

"돌격! 공격하라!"

"놈들을 하나도 살려 보내지 마!"

"다 죽여 버려!"

이들 중에 아는 사람이나 친지를 광마병에게 잃어 보지 않은 사람은 손에 꼽을 만큼 드물었다.

아니, 이 시대에 살아남은 인간 대부분이 비슷한 처지일 것이다.

그렇기에 광마병에 대한 병사들의 증오는 상상을 초월할 정도였다.

더욱이 광마병의 씨를 말릴 수 있는 절호의 기회가 오자 그 증오와 투쟁심이 기름을 끼얹은 불길처럼 활활 타올랐다.

반면, 광마병들의 사기는 땅바닥까지 떨어졌다.

원래 능동적인 지능을 갖추지 못한 놈들이었다.

어딘가에 그들을 지휘하는 존재가 있어야 온전히 제 위력을 발휘한다는 소리다.

그런데 지금 이 자리엔 수시아도, 교황도 없었다.

게다가 검황마저 광마병들을 지휘할 처지가 아니었다.

"흐, 흐아아압!"

겁에 질린 검황이 붉게 타오르는 검을 전력으로 휘둘렀다.

초거대 골렘인 제피에게 엄청나게 깊은 상처를 입혔던 강력한 일격이었다.

그러나 이번에 그 공격은 상대를 영 잘못 고르고 말았다.

"뭐냐, 이건."

팅강.

광마대제가 여상스럽게 중얼거리며 손가락을 툭 튕기자 검황의 검은 허무하리만치 간단하게 두 동강이 나고 말았다.

"허, 헉!"

손잡이만 남은 검과 광마대제의 모습을 번갈아 쳐다보던 검황이 눈을 부릅뜨고 헛숨을 내뱉었다.

말 그대로 혼신의 힘을 다한 일격이었다.

그런데 너무나 쉽게 가로막히고 말았다.

심지어 상대는 생채기도 나지 않았다.

완벽한 패배였다.

"크윽…… 내 패배요. 날 죽이시오."

"어쭈구리? 이 상황에서도 멋있는 척하기는. 네놈을 죽일 놈은 따로 있는 것 같은데?"

"뭐……요?"

검황이 떠듬거리며 반문했다.

그 순간, 검황은 자신의 머리 위로 엄청나게 커다란 그림자가 드리워져 있다는 사실을 깨달았다.

검황의 고개가 절로 위로 들렸다.

그는 자신도 모르게 입을 딱 벌리고 말았다.

엄청나게 거대한 발바닥이 자신을 향해 떨어져 내려오고 있었다!

콰아아아앙—!

제피의 발이 검황이 있던 자리를 깔끔하게 밟아 버렸다.

거기에 더해 제피는 발을 바닥에 꾹 누른 채 몇 번 부비부비 비빔으로써 마무리까지 확실하게 해버렸다.

이만한 무게에 짓눌리고 거기에 좌우로 비벼지기까지 했으니, 검황은 그야말로 압살, 즉사당하고 말았다.

그렇게 검황마저 최후를 맞이하자 살아남은 광마병들은 말 그대로 패닉 상태에 빠지고 말았다.

"키, 키에에에엑!"

"크아악! 크룩!"

"캬아악!"

혼란에 빠진 놈들은 앞다투어 도주를 시도했다.

하지만 놈들을 그냥 보낼 마테온이 아니었다.

지금까지 직접적인 전투에 참가하지 못했던 세 번째 가디언, 아시우트가 나섰다.

삐이이이익—!

아시우트가 창공을 날며 포효했다.

그리고 두 날개를 활짝 펼쳤다.

동시에 지역 일대를 감싸고 거대한 환영의 장벽이 생겨났다.

그 범위에 갇힌 광마병들은 그때부터 환각을 보게 되었다.

사물을 왜곡시켜 투명하게 보이게 만들거나 환각을 보게 하는 능력, 이것이 바로 아시우트의 주특기였다. 그 주특기가 드디어 진가를 발휘하는 순간이 오게 된 것이다.

그렇게 되자 광마병들은 그때부터 환각에 사로잡혀 도망도 못 치고 같은 자리를 뱅뱅 맴돌게 되었다.

심지어 어떤 놈들은 땅을 파고 도망치려고도 했고, 어떤 놈들은 옆의 동료를 적으로 잘못 보고서 공격하기도 했다.

순식간에 놈들 사이의 싸움이 격렬하게, 광범위하게 번져 갔다.

"키에엑!"

"크륵! 캬악!"

마테온의 병사들은 그런 놈들을 차근차근 작은 그룹으로 나누어 포위하였고, 놈들을 향해 물을 뿌렸다.

물을 덮어쓴 광마병들은 더는 무시무시한 존재가 아니었다. 그저 보통의 성인 남성과 비슷한 힘을 지닌, 그런 존재로 전락하고 말았다.

게다가 환각에 사로잡혀 제 몸도 가누지 못하고 있었으

니, 병사들의 입장에서는 조금만 주의를 기울이면 다칠 걱정도 없이 제압이 가능한 상대가 되고 말았다.

그렇게 마테온의 병사들은 승리의 노래를 목청껏 부르며 남은 광마병의 잔당을 소탕하기에 여념이 없었다.

사막 전체가 승리의 노래와 함성에 휩싸인 듯했다.

그렇듯 함성을 내지르는 사람들 중에는 야니카도 있었다.

파학!

쉰 마리째의 광마병을 베어 넘긴 야니카는 문득 검을 멈추었다. 한 무리의 병사들과 광마병이 뒤섞인 건너편의 저쪽에서 그녀에게 무척 익숙한 실루엣이 보였다.

"스승님!"

"으듀!"

커다란 바실리스크와 그 위에 올라탄 소년.

바로 바실이와 이솔라였다.

"너희들, 무사했구나!"

그들을 본 야니카의 얼굴에 진한 반가움이 떠올랐다.

지난 작전을 위해 마테온을 출발한 이후 소식이 없었기에, 혹여나 잘못되진 않았을까 무척 걱정이 많았던 그녀였다.

그런데 이렇듯 무사히 돌아온 모습을 보니 어찌 반갑지

않겠는가.

하지만 바실이가 가까이 다가오면서 야니카의 얼굴에 묘한 표정이 떠올랐다. 이솔라의 등 뒤에 타고 있는 남자를 보았기 때문이다.

"설마, 바라카?"

"……."

바라카는 침묵으로 대답했다.

옛 호적수를 이런 자리에서 만나니 그도 감개가 무량했다.

이솔라가 말했다.

"역시 스승님! 바로 알아보셨네요. 바라카 씨가 제 목숨을 구하셨어요."

"바라카가 너를?"

"네. 이야기하자면 길지만요."

이솔라는 광마병을 만드는 시설에 잡혀간 때부터 그곳을 탈출한 과정, 그리고 사막으로 도망치기까지의 여정을 간략히 설명했다.

이솔라의 동료들이 광마병에게 죽임을 당했던 대목에서 야니카는 슬픔을 감추지 못했으며, 바라카와 이솔라가 협력했던 대목에서는 진심으로 바라카에게 고마움을 표했다.

"고맙다. 덕분에 내 제자가 살았어. 우린 적수고 원수였는데, 뜻밖에도 당신이 내게 은혜를 베풀었군."

"흥, 일부러 그런 건 아니다. 게다가 네 제자 덕분에 나도 거기서 빠져나올 수 있었으니 서로 빚은 없는 셈으로 치지."

"그러도록 하지."

잠시 바라카를 복잡한 눈길로 바라보던 야니카가 이솔라에게 말했다.

"그럼 너는 병사들을 돕고 있으려무나."

"스승님은요?"

"그분을 뵈어야겠다."

야니카의 시선이 향한 곳에는 시슬란이 있었다. 그리고 그의 앞에 쓰러져 있는 수시아가 있었다.

그들을 보는 야니카의 가슴이 크게 두근거렸다.

"알겠습니다. 그럼, 스승님도 조심하세요."

"알았다."

바실이와 이솔라 등을 보낸 야니카는 중간에 광마병 세 마리를 더 베어 넘기며 시슬란이 있는 곳으로 향했다.

3

시슬란은 말없이 쓰러진 수시아를 바라보고 있었다.

"아가씨는, 괜찮은 걸까요?"

그는 목소리가 들려온 곳을 굳이 돌아보지 않았다.

듣기만 해도, 6년 만에 듣는 음성이라도 듣는 순간 알 수 있었기 때문이다.

시슬란의 입가에 미소가 피어났다.

무사히 지내고 있었구나.

잘 살아 있었구나.

반가움이 일었다.

하지만 그는 여전히 수시아를 향해서만 시선을 고정한 채 대답했다.

"카탈리나를 말함인가?"

"네."

야니카는 대답하며 시슬란과 나란히 섰다.

숨이 가빴다.

광마병들을 베어 넘기느라 그런 탓도 있었지만 시슬란이 무사히 돌아온 모습을 보니 당장에라도 울음이 왈칵 터질 것만 같았다.

6년 전, 냉기의 창에 꿰뚫려 거의 죽어 가는 모습으로 보냈던 시슬란이었다.

그 후로 단 한순간도 그를 잊어 본 적이 없었다.

혹여나 일이 잘못되어 영영 보지 못하게 되는 건 아닐까, 그런 두려움이 밤마다 들어 잠도 이루지 못했다.

그렇게 보낸 6년의 세월이었다.

그 끝에, 믿기지 않는 승리의 끝에 시슬란을 이렇게 마주하게 되었으니 야니카의 가슴이 크게 떨리는 것도 당연한 일이었다.

"많이, 걱정했어요."

"누구를?"

"모두요."

야니카도 쓰러진 수시아를 보았다.

"죽진 않은 거겠죠?"

"아직은."

"이젠 어떻게 하실 거죠?"

"되찾을 생각이다."

"아가씨를, 말인가요?"

"음."

시슬란이 고개를 끄덕였다.

야니카의 얼굴에 화색이 피어났다.

"그럼 아가씨를 원래대로 되찾을 방법이 있다는 말인 거죠?"

"확실하지는 않지만."

시슬란은 확답을 피했다.

아무리 그라고 해도 카탈리나의 육체를 강탈한 수시아만을 소멸시키고 카탈리나의 원래 상태를 되찾을 거란 확신을 하기는 어려웠다.

"그러니 이제부터 시도해 봐야겠지."

시슬란이 한쪽 무릎을 꿇고서 수시아의 명치에 한 손을 올렸다.

샤아아아아……!

눈을 감고 의식을 집중한 그는 수시아와 카탈리나의 진혼을 매만지기 시작했다.

4

샤아아아아…….

시슬란은 광마대제의 로열블러드를 흡수했던 때처럼 수시아의 진혼 내부로 걸어 들어갔다.

그곳은 얼음꽃이 수없이 피어난 드넓은 정원이었다.

그 정원의 중심에 한 여자가 서 있었다.

그녀를 발견한 시슬란이 처음으로 걸음을 멈추었다.

"그대는 누구지?"

"저 말인가요?"

여자가 살포시 웃었다.

익숙한 생김새였다.

"카탈리나로군. 동시에 수시아이기도 하고."

"맞혔어요."

"이미 늦은 건가?"

"어쩌면요."

여자의 표정이 어두워졌다.

동시에 밝아졌다.

두 가지 상반된 표정을 한꺼번에, 하나의 표정 속에 녹여내어 짓는 그녀의 모습은 상당히 독특했다.

그녀의 목소리와 어조 또한 기쁨과 슬픔을 동시에 담고 있었다.

"만약 처음 각성했던 당시에 곧바로 이런 만남을 가졌다면, 아마 카탈리나의 의식이 훨씬 강력하게 드러났겠죠. 수시아를 몰아내기도 더욱 쉬웠을 테고."

"지금은 그렇지 않다는 건가?"

"수시아의 의식이 거의 전체를 지배했어요. 카탈리나의 의식은 아주 희미해졌죠. 간신히 콩알만큼 남았을까. 여기, 이게 보이나요?"

여자가 손을 들어 정원 한쪽을 가리켰다.

온통 얼음꽃으로만 가득한 정원 한쪽 구석.

그곳에 유일하게 얼음꽃이 아닌, 붉은 장미 한 송이가 피어나 있었다.

여자가 말했다.

"이 정원이 바로 수시아와 카탈리나의 의식이 공유되는 마음의 장소이지요. 그리고 얼음꽃은 수시아의 의식, 이 한 송이 남은 장미가 카탈리나의 의식이랍니다."

"……."

시슬란은 붉은 장미를 쳐다보았다.

장미는 거의 시들어 가고 있는 상태였다.

꽃잎은 검붉은 색으로 혼탁하게 변해 있었고, 꽃받침은 떨어져 나가기 직전이었다. 줄기는 금방이라도 꺾일 것처럼 힘이 없었고, 잎사귀는 말라 부스러져 있었다.

그나마 있는 꽃잎마저도 바람이라도 불면 다 떨어져 나갈 것처럼 위태위태한 모습이었다.

"간단해요. 말라 죽기 직전이지요."

"만일 말라 죽게 되면?"

"카탈리나의 의식은 소멸하겠죠, 영원히. 되살릴 수도 없이."

"그렇군."

시슬란은 비로소 상황이 자신의 생각보다 훨씬 열악함을

깨달았다.

그는 조심스럽게 장미를 향해 두 손을 뻗었다.

그러나 장미를 직접 매만지지는 못했다.

잘못 만졌다가는 그대로 부스러져 버릴 것만 같았기 때문이다.

생각을 바꾼 시슬란은 옆의 얼음꽃을 향해 손을 뻗었다.

푸욱!

얼음꽃은 꽃잎도, 잎사귀도 모두 날카로운 얼음으로 만들어져 있었다.

그걸 만지자 자연히 시슬란의 손은 금방 피투성이가 되고 말았다.

그렇게 흘러나온 피가 얼음꽃을 적셨다.

더운 피에 얼음꽃이 녹아 갔다.

마침내 한 송이의 얼음꽃을 녹여낸 시슬란이 자신의 피와 녹아내린 얼음꽃의 물을 두 손에 가득 담아 장미를 향해 흘려 냈다.

장미는 마치 기다렸다는 듯 그 물기를 모조리 흡수했다.

하지만 장미의 모습엔 아무런 변화도 일어나지 않았다. 여전히 말라서 시들기 직전의 모습일 뿐이었다.

물론 시슬란은 그 정도로 실망하지 않았다.

이제 겨우 한 송이 얼음꽃을 녹여냈을 뿐이다.

고작 이 정도에 눈에 띄는 변화가 일어나리라고는 애초에 기대도 하지 않았다.

그때부터였다.

그는 묵묵히 주변의 얼음꽃을 한 송이씩 차근차근 매만졌다.

얼음꽃에 베인 상처가 늘어 갔다.

더욱 많은 선혈이 흘렀다.

더욱 많은 얼음꽃이 녹아내렸다.

그 선혈과 물이 장미에게로 흘렀다.

그동안 카탈리나와 수시아의 얼굴을 지닌 여자는 묵묵히 시슬란이 하는 행동을 바라보기만 했다.

계속해서 시간이 흘렀다.

수십 송이의 얼음꽃이 녹았다.

그러나 그때까지도 장미에는 조금의 변화도 일어나지 않았다.

변한 것이라곤 오로지 시슬란의 모습뿐이었다.

그의 얼굴은 이전과 비교도 되지 않을 만큼 창백해져 있었다.

당연했다.

수십 송이의 얼음꽃에 베인 상처에서 계속하여 선혈이 흘러나오고 있는 까닭이었다.

그러나 시슬란은 아랑곳하지 않았다.

새파래진 입술을 아랫니로 꽉 깨물고서 묵묵히 얼음꽃 녹이는 일에만 열중했다.

이것은 어떤 의미에서 보자면 광마대제의 로열블러드를 흡수하며 화룡과 대결했던 것보다 훨씬 처절하고 치열한 싸움이었다.

천천히, 그러나 확실하게 죽음의 길을 아슬아슬하게 걸어야만 하는 도박인 셈이었다.

그렇게 시간이 얼마나 지났을까.

시슬란의 얼굴은 거의 백지장만큼 창백해졌다. 아니, 아예 새파랗다고 말해야 더 정확한 상태가 되었다.

그리고 그때쯤, 처음으로 장미에 변화가 생겨났다.

토옥.

부스러진 꽃잎이 한 장, 바닥으로 떨어졌다. 그리고 그 자리에 새로운 꽃잎이 고개를 내밀었다. 이전까지의 다른 꽃잎들과 다르게 싱싱하게 살아 있는 붉고 건강한 꽃잎이었다.

비로소 시슬란의 입가에 처음으로 미소가 피어났다.

그는 더욱 묵묵히 얼음꽃을 차근차근 녹여 나갔다.

장미에 한번 일어나기 시작한 변화가 천천히, 전체로 번져 나갔다.

말라비틀어진 꽃잎이 하나둘 전부 떨어지기 시작했다.

그렇게 비어 버린 자리에 서서히 새로운 건강한 꽃잎들이 자라났다.

비틀어져 꺾일 것만 같던 줄기가 꼿꼿하게 바로 섰다.

새로운 잎사귀가 튼튼하게 자라나 초록의 싱그러움을 뽐냈다.

그런 장미의 변화와 함께 지금껏 묵묵히 그 과정들을 지켜보던 여자의 모습에도 변화가 생겨났다.

기쁨과 슬픔이 공존하던 독특한 표정이 달라졌다.

서서히 슬픔이 걷히고 순수한 기쁨의 표정이 그 자리를 차지했다.

그렇게 드러나는 여자의 얼굴을 보며 시슬란이 마주 미소 지었다.

동시에 정원을 차지하고 있던 나머지 모든 얼음꽃들이 저절로 녹아내렸다.

장미가 더욱 붉게 자라났다.

여인의 표정이 더 큰 기쁨으로 물들었다.

시슬란이 여인에게로 다가가 그녀를 힘껏 끌어안았다.

그에게 안긴 여자가 숨이 멎을 듯 기쁨의 눈물을 흘려 냈다.

"오랜만이에요, 시슬란 님."

카탈리나가 흐느낌을 참으며 시슬란의 가슴에 얼굴을 묻었다.

화아아악!

그녀의 진혼이 구체화된 정원이 환한 빛으로 물들었다.

동시에 시슬란은 자신의 내부에서 이전에 없던 거대한 변화가 시작되었음을 깨달았다.

수시아의 의식이 카탈리나에게 밀려나며 그녀가 품어 왔던 로열블러드의 힘이 그에게로 저절로 흡수되고 있었다.

"이건……."

그는 비로소 깨달았다.

자신이 마침내 로열블러드의 최후의 숙명을 완성했음을.

나머지 로열블러드를 흡수하여 신의 씨앗이 되는 것.

드디어 그 사명이 완수되는 순간이었다.

10장.

루나티카로

1

시슬란은 눈을 떴다.

어느새 현기증은 사라져 있었다.

진혼에서 빠져나와 현실로 돌아왔다는 사실이 비로소 실감되었다.

눈앞에는 카탈리나가 누워 있었다.

곧 그녀도 눈을 떴다.

"여긴……."

얼떨떨한 표정의 카탈리나가 상체를 일으켰다.

그녀는 혼란스러운 얼굴이었다.

당연했다.

'난 분명 침대에 누워 있었는데……?'

그녀가 지닌 마지막 기억은 침실에서의 자신의 모습이었다. 두통과 현기증이 난다고 생각했던 것이 마지막이었다.

그 후로 뭔가 길고 긴 악몽을 꾸다가 깨어난 것 같은 기분이 들었다.

그리고 주위를 둘러본 카탈리나는 그런 자신의 느낌이 아주 틀리지만은 않을지도 모른다고 생각하게 되었다.

전쟁터의 중심.

처음 보는 복장의 병사들이 괴상한 외모의 인물들을 향해 함성을 지르며 돌진하고 있었다. 한 맺힌 듯 포효하며 싸우고 있었다.

그녀는 그런 전쟁터의 중심에 누워 있었던 것이다.

그렇듯 카탈리나는 많이 놀랐지만 이상하게도 두렵다는 생각은 들지 않았다. 눈앞에서 자신을 자상하게 내려다보고 있는 시슬란 덕분이었다.

"제가…… 오래 잤나요?"

"조금."

"잠꾸러기라고 비난하실 건가요?"

"그건 모르겠군."

"하실 거란 말씀이네요."

"생각 좀 해보고."

시슬란이 싱긋 웃었다.

그가 내민 손을 잡으며 카탈리나는 몸을 일으켰다. 그런데 다리에 힘이 없어 자신도 모르게 비틀거렸다.

그때 카탈리나는 또 다른 누군가가 자신의 몸을 잡아 주었다는 사실을 깨달았다.

고개를 돌렸다.

반가운 얼굴이 하나 더 있었다.

"야니카……."

"아가씨……."

와락!

야니카에게 와락 안긴 카탈리나는 오히려 야니카의 등을 한참 쓰다듬으며 그녀를 달래야 했다.

야니카는 숨이 넘어갈 듯 울었다.

"이제…… 돌아오신 건가요? 완전히?"

"모르겠어. 내가 어디로 갔었던 건지, 그동안 얼마나 잠들어 있었던 건지…… 아무것도 모르겠네."

카탈리나가 웃으며 말을 이었다.

"하지만 이건 알겠어. 나 정상이야."

"흐흑, 아가씨……."

꽈악!

"컥! 숨 막혀, 야니카아……."

버둥거리던 카탈리나는 간신히 야니카의 품에서 빠져나올 수 있었다.

그녀는 시슬란을 돌아보았다.

"당신, 표정이 후련해요. 어떻게 된 건지는 모르겠지만 지금 이 주변의 상황이 당신에게 그런 표정을 짓게 만든 거겠죠?"

끄덕.

"그럼 잘된 거네요."

카탈리나는 굳이 묻지 않았다.

사실 그녀도 궁금한 게 많았다.

먼저 자신에게 어떤 일이 벌어진 것인지부터 한없이 궁금했다.

하지만 성급하게 굴 이유는 없으리라.

그녀는 시슬란의 얼굴에 떠오른 후련한 표정을 믿었다.

모든 일이 잘 풀린 것일 거다.

그러니까 달콤한 음식을 맛볼 때처럼 천천히, 하나씩 시간과 공을 들여서, 자신이 함께하지 못한 시간의 일들을 들으면 되리라.

앞으로도 시간은 많으니까.

언제까지고 시슬란의 곁에 있게 될 테니까.

그녀는 그런 묘한 예감을 느꼈다.

단순한 직감?

아니었다.

언젠가, 어느 장소에선가 시슬란이 온 정성을 다해 자신을 살리려고, 되찾기 위해 애썼던 것 같은 기분이 들었다.

수많은 얼음의 칼날에 베이고 다치면서도 꿋꿋이 자신만을 위해 애썼던 것 같은 기분도 들었다.

"있잖아요, 시슬란 님."

"음."

"……아, 아니에요."

차마 그것까지 물을 순 없다고 생각한 카탈리나는 애꿎은 손가락만 꼼지락거렸다.

시슬란이 말했다.

"날이 저물고 있군. 이제 이 싸움도 끝내야겠어."

그의 말처럼 사막의 서쪽으로 해가 지고 있었다.

그리고 반대편 동쪽에서부터 밤의 어둠이 사방에 깔리기 시작했다.

카탈리나를 야니카에게 맡긴 시슬란은 몰려오는 밤의 어둠을 주시했다.

동시에 그의 전신에서 이전과는 비교할 수 없는 기운의 아지랑이가 피어올랐다.

샤아아아아…….

밤의 어둠.

시슬란은 이제 그것 또한 커다란 그림자의 한 종류일 뿐임을 알고 있었다.

그 말은 곧, 그가 밤의 공간 전체를 지배할 수 있다는 뜻이었다.

샤아아아!

밤이 드리운 모든 구역의 어둠이 물결쳤다.

어둠이 스스로 일어나 움직였다.

자신이 품은 모든 생명들을 탐색하고 주시했다.

그중에서 인간이 아닌 광마병만을 추려 냈다.

어떤 광마병도 거기에서 자유로울 수 없었다. 어떤 광마병도 감시의 눈을 피할 수 없었다. 물론 도망칠 수도 없었다.

시슬란이 눈을 깜빡였다.

동시에 이 세계의 밤이 드리운 모든 지역의 광마병들의 온몸이 으스러졌다.

와지직!

"크엑!"

"캬악!"

그것으로 끝이었다.

밤이 찾아온 구역.

즉, 이 세상의 절반에 있는 광마병들이 한순간에 몰살을 당한 것이다.

물론 이곳 마테온에 쳐들어와서 병사들을 상대로 최후의 저항을 하던 광마병들도 마찬가지 신세가 되었다.

마테온의 병사들은 끝까지 필사적으로 발악하듯 저항하던 눈앞의 광마병들이 한순간에 비명과 함께 으스러져 죽어 버리자 얼떨떨한 기분이 되었다.

"이건…… 뭐냐."

병사 루드는 죽임을 당할 위기에 처해 있었다.

잠깐 방심한 사이에 광마병 하나가 그의 가슴을 향해 손톱을 꽂아 넣으려 하고 있었기 때문이다.

분명 방금까지는 그러했다.

그런데 한순간에 자신을 향해 달려들던 광마병이 갑자기 눈을 까뒤집더니 온몸이 커다란 바위에라도 눌린 듯 비명을 내지르며 꽥, 하고 죽어 버리는 것이 아닌가.

덕분에 루드는 죽임을 당하지 않을 수 있었다.

대신 너무나 놀라 얼떨떨한 기분에 주저앉은 상태 그대로 눈만 끔벅거렸다.

그런 상황은 다른 병사들도 마찬가지였다.

병사들을 지휘하던 십인장 시로델은 수하인 나슈와 경쟁을 벌이다가 때 아닌 시비에 휘말리기도 했다.

"야, 이거 분명 내가 벤 거란 말이다."

"아닙니다요, 대장. 제가 도끼로 찍은 뒤에 이놈이 뒈졌습니다요. 분명 보셔 놓고 그리 우기시면 안 되지 말입니다."

"어이, 네놈 도끼 제대로 안 박혔어. 분명 내가 검으로 벤 상처 때문에 죽은 거라고."

"그런데 이렇게 납작 짜부라져 죽는다굽쇼?"

"그럼 도끼론 이렇게 죽냐?"

"둘 다 아니면 마지막에 친 쪽이 잡은 거 아니겠습니까요?"

"어허! 더 큰 타격을 준 쪽이 잡은 걸로 쳐야지!"

"대장님, 억지가 너무 심하신 거 아닙니까요?"

"네놈이 억지를 부리는 거 아니냐?"

시로델과 나슈는 으르렁거리듯 서로를 노려보았다.

하지만 두 사람은 모두 환하게 웃고 있었다.

나름의 방법으로 승리를 만끽하며 힘겨운 싸움에서 살아남았음을 축하하는 것이었다.

그렇듯 처음엔 갑작스러운 광마병의 떼 몰살에 얼떨떨해하던 병사들도 조금 지나자 상황을 깨닫기 시작했다.

이겼다.

그리고 살아남았다.

그걸 완전히 깨닫고 옆의 동료, 전우를 바라보는 순간, 누구의 입에서 먼저랄 것 없이 힘찬 함성이 뿜어져 나왔다.

"와아아아아아!"

"이겼다! 살았다아아!"

"이겼어! 이겼다고!"

"우하하하! 와하하하하!"

울고 웃고 떠들고 소리치며 광란하듯 춤추고 주저앉았다. 어느새 아리안도, 블랙비어드 선장 등도 그들과 함께 어우러져 같은 모습으로 기뻐하고 있었다.

그런 모두의 모습을 보며 시슬란은 자신이 이제 한 가지 결정을 내릴 때가 되었음을 직감했다.

2

"루나티카에 다녀와야겠어."

"다녀……오신다고요?"

"그래."

카탈리나의 반문에 시슬란이 고개를 끄덕였다.

"이제 모든 싸움은 끝났고, 솔라리스에도 평화가 찾아왔지. 하지만 당분간 모두가 편하게 살 수는 없을 거야."

그렇게 말하며 그는 미간을 찌푸렸다.

6년 만에 깨어나 아주 잠시 홀로 솔라리스를 돌아다니면서 보았던 광경들이 떠오른 까닭이었다.

계곡에서 만났던 난민들.

힘이 없다는 이유로 아무런 보호도 받지 못하던 사람들.

그저 가축이나 똑같은 취급을 받던 수많은 사람들.

그들을 보며 시슬란은 가슴이 아팠다.

그들이 그런 상황이 된 것이 어찌 보면 자신의 책임이나 다름없었기 때문이다.

그렇게 평화롭다고까지 말하기엔 어려운 솔라리스였지만 적어도 예전에는 저들 중 많은 사람들이 자신의 터전을 지니고 있었고, 왕국의 최소한의 보호는 받을 수 있었다.

그나마 인간의 모습으로는 살 수 있었다는 뜻이다.

그런데 광마병이 깨어나며, 부활의 사도가 본격적인 마각을 드러내면서 그 모든 것들이 파괴되었다.

또한, 그 상황에서 자신은 광마병도, 부활의 사도도 제대로 막아 주지 못했다.

그렇게 따지자면 지금 이처럼 솔라리스를 폐허로 만들어 버린 원흉은 시슬란 자신이라고 할 수도 있으리라.

그는 그렇게 생각하고 있었다.

그렇듯 자신이 원흉이라면, 그에 따른 합당한 책임을 질의무가 있다고도 생각했다.

그의 그런 설명에 카탈리나와 야니카, 블랙비어드 선장이 모두 고개를 끄덕였다.

완전히 부정할 수만은 없는, 합당한 생각이었기 때문이다.

"하지만 지금 솔라리스의 상황은 암울하지. 인구도 열악하고, 사회의 모든 기반이 무너졌어. 이걸 예전처럼 복구시키려면 족히 수십 년은 걸릴 거야."

시슬란의 말은 거짓이 아니었다.

모든 도시가 파괴되었고, 인구도 급감했다.

경제적으로도, 문화적으로도, 어떤 곳에도 제대로 기댈 기반이 없는 상황이었다.

한마디로 무에서 새로 시작해야 하는 솔라리스의 상황이니만큼 시슬란의 말대로 이제부터 적극적으로 재건을 시작한다 해도 광마병의 난리 이전의 수준까지 회복되려면 아무리 빨라도 수십 년은 족히 걸릴 것이었다.

"그런데 그런 상황과 루나티카라는 세계에 다녀오시는 것이 무슨 상관이 있습니까?"

블랙비어드 선장의 물음에 시슬란이 싱긋 웃었다.

다음에 이어진 그의 말에 모두는 눈을 부릅떠야 했다.

"두 세계를 합치기 위함이다."

"예에?"

"두 세계를…… 합친다고요?"

"대체 무슨 방법으로……."

놀라는 세 사람을 향해 시슬란이 말했다.

"그대들도 알겠지만 나는 원래 그곳의 황위를 물려받았어야 할 사람이지. 일단 루나티카로 돌아가 반란 도배들을 척살하고 내 황위를 되찾을 생각이다. 그리고 루나티카를 안정시킨 후에 그곳의 세계를 솔라리스로 불러와 두 세계를 합칠 거야."

"그게 가능한 겁니까?"

"가능해."

"어떻게요?"

"애초에 루나티카가 샨 대제에 의해 창조된 세계니까."

샨 대제는 시슬란의 전생이었다.

그리고 지금의 시슬란은 광마대제와 수시아의 로열블러드를 모두 흡수하여 진정한 로열블러드, 신의 씨앗으로 거듭난 상태였다.

아직 완전한 각성이 이루어지진 않았지만 지금 상태로도 마음만 먹는다면 루나티카 세계 자체를 이곳 솔라리스로 당겨 와, 당장이라도 합칠 수 있는 능력이 있었다.

하지만 당장 그러지 않는 이유는 간단했다.

두 세계의 사람들이 아직 준비가 되지 않았기 때문이다.

자칫 원치 않은 희생자가 대량으로 생겨날 수도 있지 않은가.

그렇기에 시슬란은 먼저 루나티카로 건너가 그곳을 완전히 통치하여 안정시키고, 그다음엔 루나티카의 주민들에게 솔라리스의 존재를 알릴 생각이었다.

루나티카의 사람들이 솔라리스의 존재를 깨닫고, 인정하고, 수용하게 되면 본격적으로 두 세상을 합칠 준비를 할 심산이었다.

루나티카는 문화적, 경제적으로도 튼튼한 여건이 마련되어 있으니 두 세계 사람들의 충돌만 막을 수 있다면 솔라리스의 사람들도 금방 자립하여 일어날 수 있게 되리라.

시슬란의 그런 계획을 들은 카탈리나와 야니카, 블랙비어드 선장은 고개를 끄덕였다.

"규모가 엄청나지만 어쩐지 일리가 있군요."

게다가 시슬란이 저쪽 루나티카의 지배자가 된 상태일 거라고 생각하면, 주민의 통제도 아마 완벽하리란 것을 쉽게 예상할 수 있었다.

"그럼 언제 출발할 건가요?"

카탈리나의 물음에 시슬란이 다시금 싱긋 웃었다.

"내가 보기에 그대는 내가 출발할 시기보다 다른 게 궁금한 것 같은데?"

"네? 그게 무슨……?"

"함께 가고 싶은 거, 아닌가?"

"……."

카탈리나가 입을 다물었다.

하지만 그녀의 얼굴은 이미 새빨갛게 달아올라 있었다.

카탈리나는 고개를 푹 숙이며 중얼거렸다.

"아니, 꼭 그런 건…… 그게 맞긴 하지만……."

"함께 가도록 하지."

"……정말인가요?"

"그럼."

"제가…… 가도 되는 세상인가요?"

"나도 여기 솔라리스에 있지 않은가."

시슬란은 더욱 진해진 웃음으로 야니카를 돌아보았다.

"아마 그대도 함께 가고 싶을 텐데?"

"예?"

야니카가 눈에 보일 정도로 크게 온몸을 움찔했다.

하지만 그녀의 얼굴도 이미 새빨갛게 달아올라 있었다.

"그럼 함께 가도록 하지. 참, 아리안."

"네."

지금껏 시슬란의 뒤에 묵묵히 서서 그들의 대화를 듣고만 있던 아리안이 고개를 숙였다.

"그대는 어찌하고 싶은가?"

"고향을 보고 싶으냐는 말씀이시라면, 저는 여길 지키겠습니다."

"진심인가?"

"……그렇습니다."

"의외로군. 가고 싶어 할 줄 알았는데."

"가지 않아도 곧 여기로 고향을 가져오실 테니 전 이곳을 지키겠습니다."

시슬란은 말없이 아리안을 쳐다보았다. 아리안의 이마에 송골송골 땀이 맺혔다.

"내게 숨기는 게 있는 것 같은데?"

"아, 아니, 제가 그럴 리가……."

그때였다.

"괜찮다. 이미 알고 있다. 숨길 일도 아니니 솔직히 말하라."

시슬란의 말에 아리안이 한숨을 푹 내쉬며 실토했다.

"주군, 죄송합니다. 사실은 지난달에 제 아들이……."

"태어났단 말이로군?"

"죄송합니다, 주군."

시슬란이 진심으로 기쁜 듯 만면에 미소를 지었다.

"그건 죄송할 일이 아니다. 내 제일가는 신하가 후손을 보게 되었으니 오히려 축하할 일이 아닌가? 그대가 이곳을 지키고 싶어 하는 이유를 이제 알겠다. 오히려 내 입장에선 반길 만한 일이기도 하지. 그대가 얼마나 여길 열심히 지킬지 누가 봐도 알 수 있지 않겠는가."

사실 아리안은 시슬란이 사라진 6년 동안 마테온에서 이곳의 여자를 만났고, 그녀와 혼약을 맺었다. 그리고 드디어 지난달에 아리안의 아들이 태어난 것이다.

시슬란은 진심으로 아리안을 축하해 주었다.

그리고 곧바로 자리에서 일어났다.

"결정이 났으니 더는 실행을 미룰 이유가 없겠군. 그럼 이곳 마테온은 당분간 외부의 군벌들로부터 유민들을 보호하는 역할을 한다. 가디언들과 아리안, 블랙비어드 등에게 그 책무를 맡기도록 하지."

"알겠습니다."

"그럼 우리는 곧바로 출발하도록 할까?"

시슬란이 문을 향해 걸어갔다.

카탈리나와 야니카 등이 그 뒤를 따랐다.

시슬란이 문을 열었다.

끼이이익…….

그가 연 문의 뒤쪽에는 방 바깥의 복도가 아닌, 전혀 본

적 없는 공간으로 통하는 투명한 빛의 통로가 펼쳐져 있었다.

"이게 루나티카로 가는 길인가요?"

카탈리나의 물음에 시슬란이 고개를 끄덕였다.

"그래, 그토록 내가 돌아가길 원했던."

통로를 보는 시슬란의 표정엔 남다른 감회가 서려 있었다.

그토록 돌아가길 원했던 곳이었다.

돌아갈 방법을 찾기 위해 그토록 노력하기도 했다.

그리고 이제는 아무 곳의 문을 여는 것만으로도 루나티카로 돌아갈 통로를 만들 수 있게 되었다.

이토록 쉬운 일이 예전에는 그처럼 간절하고 어려운 일이었다고 생각하니 새삼 묘한 기분이 들었다.

"그럼 가도록 하지."

시슬란이 문 안쪽 통로로 걸음을 옮겼다.

카탈리나와 야니카는 서로를 바라보다가 고개를 끄덕이곤 그의 뒤를 따라 들어갔다.

덜컹.

문이 닫혔다.

통로가 사라졌다.

다시 블랙비어드 선장이 그 문을 열었을 때, 빛으로 이루어진 통로는 어느새 흔적조차 남아 있지 않았다.

그저 평범한 복도가 눈앞에 펼쳐져 있을 뿐이었다.

"정말로 가셨군."

아리안과 블랙비어드 선장은 비로소 시슬란이 루나티카로 돌아갔음을 실감할 수 있었다.

11장.

루나티카 정벌의 시작

1

“보고드립니다. 알칸스카나 지방의 반란이 순조롭게 진압되었습니다.”

“으흠, 그렇군.”

루나티카의 황제, 명왕 칸다하르는 무료한 표정으로 누운 채 대신의 보고를 받았다.

그는 진심으로 지루한 듯 포도 한 송이를 물었다가 퉤 뱉고는 혼자 중얼거렸다.

“지긋지긋한 반란…….”

그의 진심이었다.

황제였던 형을 독살하고 조카인 시슬란을 몰아내는 반란

에 성공하여 황제가 된 것까지는 좋았다.

문제는 다음이었다.

그는 황제의 정통성이 약했다.

때문에 그가 강압적으로 황제의 대관식을 마치자마자 곳곳에서 기다렸다는 듯 영주들이 반란을 일으키기 시작했다.

대부분 전 황제와 시슬란에게 우호적이었던 친황제파에 속하는 영주들이었다.

하지만 그렇다고 그들의 투덜거림과 반란을 그대로 용인할 수는 없는 것이 칸다하르의 입장이었다.

자칫 그들을 용인했다가는 그렇잖아도 흔들거리는 자신의 권위가 완전히 무너질 수도 있는 일이었다.

그런 상황에서 칸다하르의 선택은 한 가지밖에 없었다.

철권통치, 피의 숙청이 시작되었다.

자신을 반대하는 대신들을 모조리 처형하고, 각지로 토벌군을 보내어 반란을 일으키거나 불손한 영주들을 모조리 토벌하였다.

그때까지만 해도 일이 잘 풀리는 줄로만 알았다.

다행히 군권의 핵심을 이루고 있는 무장들이 대부분 반황제파이자 칸다하르의 추종자였기에 이런 식으로 조금만 더 피의 본보기를 보이면 모두가 자신의 권위를 인정하고 진정한 황제로 수긍할 것이라고 생각했다.

하지만 현실은 아니었다.

친황제파의 충성심은 애당초 칸다하르가 추측했던 것보다 훨씬 크고 깊었다.

반란은 끝없이 일어났다.

짓밟고 짓밟아도 계속해서 일어났다.

마치 지긋지긋한 생명력을 지닌 잡초를 보는 것만 같았다.

아니, 잡초는 뿌리를 뽑으면 그 자리에서는 안 나게 되는데, 이놈의 반란은 아무리 뿌리를 뽑아도 다른 놈이 그 생각을 이어 또다시 반란을 일으켰다.

심지어 토벌군이 패배하여 몰살당하는 일도 아주 조금씩이지만 일어나기 시작했다.

그제야 칸다하르는 사태의 심각성을 깨달았다.

비로소 알게 된 것이다.

이 지긋지긋한 반란을 완전히 잠재우기 위한 방법은 하나밖에 없다는 사실을.

그는 모든 반란 세력이 공통적으로 내세우고 있는 기치가 있음을 깨달았다.

무엄하게 반란을 일으킨 놈들은 모두 하나같이 시슬란의 정통성을 주장하고 있었다. 그리고 칸다하르가 정당한 황제인 시슬란을 몰아내고 황권을 강탈했다고 역설하고 있었다.

그들은 시슬란이 돌아오길 기다리고 있는 것이다.

"멍청한 놈들……."

시슬란은 죽었다.

분명하다.

칸다하르는 그렇게 확신했다.

자신의 호위 무사와 뒤얽힌 상태에서 크리슈나 호수로 통하는 급류에 빠졌다고 했다.

그 급류는 루나티카에서도 험하고 난폭하기로 유명한 급류였다.

제아무리 황태자라고 해도, 당시 심각한 부상을 입고 극독에 중독된 시슬란의 상태를 감안하자면 그가 급류를 빠져나와 살아남았을 확률은 아예 없다고 보아야 했다.

문제는 급류가 하도 거칠어 시슬란의 시신을 찾아내지 못했다는 점이었다.

칸다하르에게 가장 필요한 것이 시슬란의 시신이었다. 어떻게든 시슬란의 시신을 찾아낸다면, 아니 하다못해 그가 죽었다는 증거라도 사람들에게 내보일 수 있다면 상황은 많이 달라지리라.

반란을 일으키는 무엄한 놈들도 더 이상의 희망을 접게 되리라.

비로소 대안이 없음을 알고 칸다하르의 권위와 황제로서

의 정통성을 인정할 수밖에 없게 되리라.

이전의 황제가 다른 후사를 전혀 두지 않았기 때문이다.

그걸 잘 아는 칸다하르였기에 그때부터 그는 시슬란의 시신, 혹은 그가 죽었다는 증거를 찾는 데에 열성적인 노력을 기울였다.

하지만 시슬란의 시신은 답답할 정도로 찾아지지 않았다.

그가 죽었다는 증거 또한 어디에도 없었다.

그래서였다.

다음에 칸다하르가 생각한 방법은, 시슬란의 가장 측근이었던 사람이 시슬란의 죽음을 증언하게 만드는 것이었다.

마침 그에 가장 적합한 포로를 칸다하르는 알고 있었다.

"오늘도 그놈은 입을 닫고 있더냐?"

"그렇습니다, 폐하."

"독한 놈."

칸다하르가 짓씹듯 말했다.

벌써 10년이 다 되어 가는 지금까지도 그놈은 증언을 거부하고 있었다.

아니, 그뿐만 아니라 아예 입도 열지 않았다.

손톱과 발톱을 뽑고, 인두로 지지고, 온갖 비인간적인 고문을 동원해도 놈의 태도는 바뀌지 않았다.

가히 인간을 초월한 고집이라고 할 만하였다.

그 포로의 고집을 떠올린 칸다하르가 자리에서 느긋하게 일어났다.

"내가 놈을 직접 보도록 하지."

"괜찮으시겠습니까? 굳이 그러지 않으셔도……."

반문하던 대신은 저도 모르게 움찔 물러나며 급히 입을 닫았다.

칸다하르로부터 끔찍한 살기가 느껴졌기 때문이다.

샤아아아아…….

어느새 칸다하르의 주변 그림자가 조금씩 일렁거리고 있었다.

아무리 황권에서 밀려났던 존재라 해도 칸다하르 역시 엄연한 황족이었다. 과거 샨 대제의 피를 일부나마 물려받은 남자라는 뜻이다.

그런 만큼 그림자를 움직이는 칸다하르의 능력은 다른 루나리언들에 비할 바가 아니었다.

그저 생활의 편리함을 조금 도울 수 있는 정도로 그림자를 조절할 줄 아는 보통의 루나리언들과 달리, 칸다하르는 한 사람을 죽일 수 있을 정도로 그림자를 구체화하거나 그 속에 힘을 실을 수 있는 막강한 능력자였다.

"안내하도록."

"예, 폐하."

대신의 안내를 받은 칸다하르는 황궁의 지하 감옥으로 내려갔다.

축축한 습기와 악취가 그들을 반겼다.

꾸벅꾸벅 졸고 있던 간수가 기겁하며 칸다하르에게 경례했다.

간수는 사색이 된 얼굴로 두 손을 벌벌 떨며 지하로 내려가는 통로의 문을 열었다. 얼마나 손을 떠는지 열쇠 꾸러미를 다섯 번이나 떨어뜨린 후에야 간신히 문을 열 수 있었을 정도였다.

어둡고 긴 감옥 통로가 이어졌다.

다시 간수가 있는 구역이 나왔다.

이번 간수도 칸다하르의 정체를 깨닫고 사색이 되어 온몸을 벌벌 떨며 문을 열었다.

그런 일이 여섯 번이나 반복되고서야 칸다하르는 자신이 만나려는 포로가 잡혀 있는 층에 다다랐다.

무려 지하 감옥 7층이었다.

이곳 지하 7층의 감옥을 지키는 간수는 위층의 다른 간수들과 달리 칸다하르의 모습을 보고도 별로 놀라지 않았다.

오히려 황제가 올 것을 알고 있었다는 듯 정중하게 고개를 숙여 예를 표하는 그 모습이 무덤덤하게 느껴질 정도였다.

지하 7층의 감옥에는 오로지 단 한 명의 죄수만이 있었다.

바로 칸다하르가 만나려는 포로였다.

"이곳입니다."

간수가 무뚝뚝하게 말하며 삼중으로 만들어진 철창을 열었다.

끼이이이익…….

오로지 횃불 빛만 일렁이는 가운데 감옥 안의 모습이 드러났다.

그곳에 한 남자가 있었다.

사지가 쇠사슬에 꿰뚫린 채 묶여 있고, 상처에서는 피가 고름과 섞여 줄줄 흘러내리고 있었다.

심지어 남자는 눕지도, 앉지도 못하도록 허리가 감옥의 차가운 석벽에 쇠사슬로 묶여 있는 상태였다.

거의 매달려 있다고 보아도 무방할 정도였다.

몇 년째 땅을 딛고 걷지 못했는지 남자의 다리는 근육이 모조리 빠져 앙상한 뼈와 가죽만 남아 있는 상태였기 때문이다.

"네놈의 고집도 대단하구나."

칸다하르가 말했지만 죄수는 반응도 하지 않았다.

잠들었을까, 아니면 기절했을까.

그도 아니라면, 듣고도 못 들은 척 무시하는 것일까.

확실한 것은 죄수는 산발하고 있는 머리를 푹 숙이고만 있을 뿐, 조금도 미동하지 않았다는 사실이다.

칸다하르가 콧잔등을 찡그렸다.

"혹시 죽은 거 아닌가?"

"그건 아닙니다."

간수가 말아 쥐고 있던 채찍을 주르륵 풀었다.

"일어날 시간이다."

촤아악!

간수의 채찍이 죄수의 한쪽 어깨를 사정없이 후려쳤다.

단번에 살가죽이 벗겨지고 피가 확 튀었다.

그럼에도 죄수는 반응하지 않았다.

그리고 간수는 저런 반응이 당연하다는 듯 태연스럽게 이야기했다.

"피가 튀는 걸로 보아서 죽지는 않았습니다. 항상 저런 반응입니다. 어떤 걸 물어도 대답하지 않지요."

하기야, 저 죄수가 이 감옥에 들어오고 나서 입을 연 적이 한 번도 없다는 사실은 칸다하르도 잘 알고 있었다.

하지만 그걸 소식으로 듣는 것과 실제로 보는 건 느낌이 완전히 달랐다.

설마하니 이 정도일 줄은 몰랐던 칸다하르였기에 죄수의 모습을 직접 보자 오히려 오기가 치솟았다.

"네놈! 끝까지 입을 열지 않을 생각이더냐, 락토르?"

"……."

죄수는 여전히 입을 열지 않았다.

그의 정체는 바로 락토르였다.

한때 시슬란의 최측근에서 황태자를 보필하던 호위 무사였던 남자.

시슬란을 탈출시키고는 죽임을 당한 것으로 알려졌던 남자.

하지만 시슬란을 탈출시키던 당시, 최후의 순간 12 수호기사의 수장인 비르고의 칼을 맞으면서도 죽지 않았다.

최고의 검사로서의 본능이 마지막 순간에도 몸을 미세하게 비틀어 상대의 칼이 절묘하게 급소를 피해 몸을 베도록 만들어 준 덕분이었다.

어쨌건 그 당시 사경을 헤매었던 락토르는 끝끝내 끈질긴 생명력으로 목숨을 건졌고, 어느 정도 부상이 회복되자마자 이곳 지하 감옥에 가두어졌다.

그리고 그때부터 락토르의 진정한 고난이 시작되었다.

그들은 락토르에게 시슬란의 죽음을 증언하라고 강요했다.

당연하게도 락토르는 그걸 거부했다.

아예 대답도 하지 않았다.

그때부터 고문이 시작되었다.

수많은 회유와 협박, 고문이 끝도 없이 이어졌다.

거의 정신이 붕괴되어 미치기 직전의 상황까지 내몰리기도 했다.

그럼에도 락토르는 끝까지 버티고 버텼다.

그렇게 수년이 지나 지금에까지 이른 것이다.

그런 락토르를 보는 칸다하르의 표정은 복잡했다.

아무리 시슬란의 수하라곤 하지만 락토르를 인정할 수밖에 없는 것이 칸다하르의 솔직한 심정이었다.

단언컨대 자신의 수하 중에 이 정도로 충성심이 깊은 자는 없었다.

칸다하르가 말했다.

"내가 너를 보러 일부러 이런 비루한 장소에까지 직접 온 까닭은 너를 바깥세상으로 꺼내어 주기 위함이다. 내 말을 듣고 있느냐?"

"……."

"여전히 대답이 없지만 듣고 있다는 것쯤은 알고 있다. 그리고 너에겐 내 결정에 동의하거나 거절할 방법도, 권리도 없다. 그러니 네가 대답하지 않아도 내 결정은 그대로 실행될 것이다. 여봐라, 저자를 풀어 주어라."

간수가 움직였다.

락토르는 몇 년 만에 쇠사슬에서 풀려났다.

그러나 자신의 힘으로 땅을 딛고 설 수가 없어 간수에게 업혀서 감옥을 나와야 했다.

황제 칸다하르와 대신들, 락토르를 업은 간수가 아까 이곳 지하까지 내려왔던 것과 반대의 경로로 지상으로 올라왔다.

바깥의 환한 달빛을 본 락토르는 거의 눈을 제대로 뜨지 못했다.

그는 피눈물이 흘러내리는 눈을 꾹 감고서 처음으로 입을 열었다.

"절 감옥에서 꺼낸 이유가 무엇입니까, 명왕이여."

칸다하르를 명왕이라고 부르는 그의 말에 모두가 걸음을 멈추었다.

명왕은 칸다하르가 반란을 일으켜 황제가 되기 전의 명칭이었다. 그러니 방금 락토르의 말에는 칸다하르를 황제로 인정하지 않겠다는 뜻이 담긴 셈이었다.

주위 모든 사람이 당황한 가운데, 정작 칸다하르는 피식 웃었다.

"다른 이유는 없다. 너에게 자유를 주기 위한 순수한 의도에서다."

"그게 정말입니까? 사실 전 당신을 믿지 못하겠습니다."

"당연히 그럴 것이다. 하지만 굳이 날 믿으라고 말하진 않겠다. 그저 네가 직접 겪고 보며 자연스럽게 날 믿게 될 것이니까."

"대체 무슨 목적으로……?"

곤혹스러워하는 락토르였지만 칸다하르는 더는 자신의 의도를 설명하지 않았다.

그 길로 락토르는 황궁으로 옮겨졌다.

그리고 긴 시간 동안 극진한 대접과 치료를 받으며 건강을 회복했다.

그렇게 반년이 지났다.

어느새 락토르는 완전히 건강을 되찾았다.

비록 예전만큼의 힘을 되찾은 것은 아니었지만 어딜 가더라도 자신의 몸을 지킬 정도로는 몸이 회복되었다. 조금만 더 지낸다면 예전의 검술 실력도 곧 되찾게 될 터였다.

그때까지도 칸다하르는 락토르에게 그를 감옥에서 꺼내준 이유를 일언반구 설명하지 않았다. 심지어 락토르를 만나러 오지도 않았고, 시슬란의 죽음을 증언하라는 식의 협박도 가하지 않았다.

물론 그런다고 해서 마음이 풀릴 락토르가 아니었다.

그는 언제나 긴장하고 있었다.

아니, 어떤 의미에서는 감옥에 있을 때보다 더더욱 긴장한 상태로 반년을 보냈다.

어쩌면 이것이 고도의 회유책일지도 모른다.

그렇게 생각하자 저절로 긴장하지 않을 수 없게 되었던 것이다.

하지만 그런 락토르의 예상과 달리, 칸다하르는 락토르를 전혀 회유하려 들지 않았다.

다만 보살폈을 뿐이다.

그리고 육 개월이 지났을 무렵, 칸다하르는 다시 한 번 락토르의 예상과 전혀 다른 태도를 보였다.

"폐하께서 그대를 궁에서 내보내라고 하셨다."

근위 기사의 뜬금없는 통보에 락토르는 얼떨떨한 얼굴로 눈을 끔벅거릴 수밖에 없었다.

다짜고짜 황궁에서 나가란다.

이건 락토르의 입장에서는 완전히 예상 밖의 상황이었다.

이제 건강이 회복되었으니 슬슬 자신에 대한 회유 작업이 시작되지 않을까 생각하며 긴장을 다지고 있던 그였다.

아니, 최소한 협박이라도 할 줄 알았다.

그런데 이제 건강이 회복되었으니 궁에서 나가란다.

아무런 대가도 없이, 그냥.

그래서 오히려 락토르는 찜찜함과 동시에 혼란을 느꼈다.

하지만 일단 나가라고 하니 락토르의 입장에서는 나갈 수밖에 없는 처지였다.

간단히 짐을 꾸린 그는 궁을 나섰다.

심지어 배웅하는 사람도 없었다.

뭔가 감시자나 미행을 붙인 걸까.

그렇게 생각한 락토르는 황궁을 나선 후로도 긴장을 풀지 않았다.

하지만 그런 감시나 미행도 없었다.

열흘이 더 지나고서야 그걸 확신한 락토르는 온몸의 힘이 탁 풀리는 기분이었다.

"대체 뭐지……?"

아무리 생각해도 이해가 되지 않았다.

그가 아는 칸다하르는 잔인하고 독한 사람이었다.

그랬기에 몇 년간 자신을 지하에 유폐하고 고문하여 폐인으로 만들었다.

그런데 갑자기 감옥에서 꺼내 주더니 극진한 치료로 몸을 회복시켜 주었다. 그리곤 몸이 다 나으니 아무런 대가도 요구하지 않고 말 그대로 자유를 주었다.

상식에 어긋나는 일이었다.

하지만 락토르의 능력이나 추리력으로는 거기까지가 한계였다. 아무리 생각하고 고민해도 칸다하르의 의도를 파악할 수가 없었다.

별수 없이 그는 방랑을 시작했다.

그의 목적은 당연하게도 실종된 주군인 시슬란을 찾는 일이었다.

처음에 그는 황제 칸다하르에게 저항하는 세력들과 접촉했다.

하지만 곧 크게 실망하고 말았다.

시슬란의 행방을 알 수 없음에 실망한 것이 아니었다. 대의명분을 내걸고서 황궁에 반항하는 세력의 자세한 면면과 진짜 속성을 깨닫고는 실망한 것이었다.

그들 중에 진정으로 시슬란에게 충성하는 사람은 드물었다. 오히려 시슬란을 명분으로 삼아 반란을 일으키고 권력을 잡으려는 자들이 대다수였다.

말 그대로 그들에게 시슬란은 이용하기 좋은 명분에 불과했던 것이다.

그때부터 락토르는 여러 세력과의 연락을 끊고 혼자 방랑을 시작했다.

주군을 찾기 위한 오랜 방랑이 이어졌다.

2

"락토르를 풀어 준 것이 바로 이런 의도 때문이셨습니까?"

"그렇다. 후후……."

12 수호 기사의 수장, 비르고의 물음에 황제 칸다하르는 웃어 보였다.

비르고가 고개를 주억거렸다.

"과연…… 이런 방법이 있었군요."

락토르를 풀어 주면서 황제 칸다하르는 대범하게도 아무런 조치도 취하지 않았다. 감시나 미행을 붙이지도 않았다.

말 그대로 락토르를 완전한 자유 상태로 방치한 것이다.

자연히 락토르는 각지의 반란 세력과 접촉했고, 그 후에 혼자 시슬란을 찾고자 방랑을 시작했다.

황제 칸다하르는 그 과정에 전혀 관여하거나 그걸 막으려 들지 않았다.

철저하게 지켜만 볼 뿐이었다.

그 효과는 느리지만 천천히 나타났다.

소문이었다.

과거에 쫓겨난 비운의 황태자 시슬란의 충신 락토르의 이야기가 루나티카 곳곳에 퍼져 나간 것이다.

반란을 꿈꾸는 지방의 영주들뿐만이 아닌, 민간 깊숙이 소문이 퍼지는 데에도 그리 오랜 시간이 걸리지 않았다.

애당초 칸다하르가 노린 상황이 바로 이런 것이었다.

"간단하다. 시슬란이 죽었다는 증거를 찾지 못하는 게 문제라면, 그걸 거꾸로 뒤집어서 생각하면 되는 거지."

"시슬란이 살아 있다는 증거도 못 찾는 상황으로……. 그것도 시슬란을 가장 충실히 보필한 충신조차 그가 생존해 있다는 증거를 못 찾는 상황이라면, 역설적으로……."

"그렇지. 시슬란이 죽었다는 걸 반증하게 되는 것이다."

그런 칸다하르의 의도대로 락토르의 충성심 어린 방랑은 오히려 루나티카의 사람들로 하여금 시슬란이 죽었다는 걸 확신하게 해주었다.

가장 시슬란을 따르던 충신조차 시슬란이 살아 있다는 증거를 찾지 못하는 상황이 오히려 역설적으로 시슬란의 죽음을 증명해 버린 셈이었다.

덕분에 그 시점에서부터 각 지방의 영주들은 헛된 욕심을 버리고 칸다하르에게 완전한 충성을 맹세했다.

그나마 아직 반항을 하려는 영주들은 눈치가 영 느리거나, 혹은 진심으로 시슬란을 따르는 소수의 몇몇이 다였다.

황제 칸다하르는 만족했다.

이미 대세는 기울었다.

자신의 통치 권력은 공고해졌고, 모두가 권위를 인정하게 되었다.

비로소 진정한 황제가 되었노라고, 칸다하르는 확신했다.

"하지만 아직 하나가 남았다."

"무엇입니까?"

"락토르가 죽어야지. 돌아올 리 없는 주군을 찾기 위한 방랑 끝에 불의의 죽음을 당한 충신 이야기. 어떤가, 그럴듯하지 않나?"

"역시……."

이야기는 그렇게 마무리되고, 황태자 시슬란과 락토르는 비운의 인물로 역사에 남게 될 것이다.

그것이면 충분하다.

비르고가 자리에서 일어섰다.

"제가 가면 되겠습니까?"

"12 수호 기사 모두."

"알겠습니다."

"깔끔하게 처리해야 할 것이야."

"네."

칸다하르에게 예를 마치고 나온 비르고는 12 수호 기사를 모두 소집했다. 그리고 곧바로 황궁을 나섰다.

락토르가 어디에 있는지는 이미 알고 있었다.

비르고를 포함한 12 수호 기사는 며칠 지나지 않아 락토르를 찾아냈다.

계곡을 끼고 있는 깊고 외딴 산속이었다.

"오랜만이로군."

길을 막아서는 비르고를 본 락토르가 멈칫했다.

비르고는 과거 칸다하르의 반란 때 그를 베었던 12 수호 기사의 우두머리가 아닌가.

락토르가 그녀를 알아보지 못할 리 없었다.

"거의 10년 만인가."

"그런 셈이지."

"내가 궁에서 풀려 나온 이후로도 신경을 쓰지 않는 듯하더니, 지금에 와서야 날 찾아온 이유가 뭐지? 그것도 12 수호 기사를 모두 이끌고 찾아온 이유가."

스르릉.

그렇게 물으면서도 락토르는 이미 허리의 검을 빼어 들고 있었다.

그라고 모르지 않았다.

인사나 나누자고 12 수호 기사가 모두 자신에게 몰려올 리가 없다는 사실을.

식은땀이 흘렀다.

'오늘 여기서 죽게 되겠구나.'

그는 한때 루나티카 최고의 검사 중 한 사람이었지만, 그것도 오랜 예전의 일이었다. 게다가 큰 부상을 입은 뒤로 몸조리도 못 한 채 차가운 감옥에서 몇 년을 썩어야 했다.

그 때문에 아직 그의 검술은 절반도 회복되지 못했다. 무엇보다 몸이 예전 같지 않았기 때문이다.

'하기야, 예전이라고 해도 저놈들을 한꺼번에 셋 이상 상대하긴 무리였지만.'

과거 그의 전성기 시절에도 12 수호 기사를 한꺼번에 세 사람 이상 상대할 순 없었다.

하물며 그때보다 몸이 망가지고 쇠약해진 지금은 두말할 것도 없으리라.

12 수호 기사 중 아무나 한 사람을 맞이해 대결하는 것만도 버거울 것이다.

그 사실을 누구보다 잘 알고 있는 락토르였기에 그는 이미 죽음을 예감했다.

도망도 포기했다.

저들이 나타났다는 건 이미 지역 일대에 포위망이 완성되었다는 뜻이리라.

"마지막으로 남길 말은?"

비르고가 검을 뽑아 들며 물었다.

락토르가 비난 어린 비웃음을 지었다.

"주군을 제대로 보필하지 못했음이 유일한 한일 뿐이다. 긴말 말고 덤벼라."

"그러도록 하지."

차아앙!

비르고의 검이 번개처럼 뿌려졌다.

락토르의 검도 그에 질세라 마주 휘둘러졌다.

섬광 같은 충돌.

그 결과는 자명했다.

"크윽!"

힘에서 밀린 락토르가 뒤로 두 걸음이나 물러섰다.

그런 그의 어깨엔 이미 깊숙한 검상이 새겨져 있었다.

반면, 정면으로 충돌했던 비르고는 물러서지도 않고서 그 자리에 뿌리내린 듯 꼿꼿하게 서 있었다.

물론 상처 하나 없이 멀쩡한 모습이었다.

비르고의 얼굴에 동정의 빛이 떠올랐다.

"예전보다 더 약해졌군."

"하지만 내 의지는 약해지지 않았다. 덤벼라."

"원하는 대로."

챠앙! 차아앙!

연달아 검격이 이어졌다.

한 번의 충돌이 있을 때마다 락토르는 조금씩 물러났다. 그리고 조금씩 무너졌다.

"편히 쉬도록 해주지."

비르고의 손아귀에 힘이 들어갔다.

단번에 베어서 고통을 덜어 줄 생각이었다.

그것이 한때 존경했던 루나티카 최고의 검사, 그리고 마지막 순간까지 충정을 지킨 사내에 대한 예우이리라.

그렇게 다짐한 비르고가 전력을 다해 검을 찔렀다.

쏴아아악!

혼신의 힘이 실린 비르고의 검에서 바람 가르는 날카로운 소리가 났다.

그것은 락토르가 막을 수도, 피할 수도 없는 각도와 빠르기의 일격이었다.

그걸 깨달은 락토르가 눈을 감았다.

'끝이구나…….'

그동안 살아왔던 나날들이 눈앞에 주마등처럼 펼쳐졌다. 한편으로는 후련하면서도 다른 한편으로는 한스러웠다.

"죄송합니다, 주군!"

마지막 한을 담아 외쳤다.

그리고 비르고의 검이 부러졌다.

채앵!

"……!"

그것은 순식간에 벌어진 일이었다.

비르고가 눈을 부릅떴다.

난데없이 나타난 구릿빛 피부의 건장한 여자가 락토르를 향해 찌르던 자신의 검을 단번에 부러뜨린 까닭이었다.

건장한 여자는 자기 덩치만큼이나 커다란 대검을 다짜고짜 비르고를 향해 휘둘렀다.

“흐읍!”

위기를 느낀 그녀가 황급히 뒤로 물러났다.

후아아아앙!

얼마나 강력한 힘이 실렸는지, 대검을 피했는데도 그 풍압에 비르고의 전신이 저릿하게 울릴 정도였다.

그처럼 강력한 일격으로 비르고를 물러나게 만든 건장한 여인이 락토르를 돌아보았다.

“이봐, 루나리언들은 죄다 이런 식인가? 아리안, 그 작자도 그러더니 당신은 또 왜 이래? 죄송하면 살아야지, 죽긴 왜 죽어?”

“뭐, 뭐요?”

전혀 생각지 못한 상황에 당황한 락토르가 얼떨떨한 표정으로 반문했다.

그러다 그는 뒤늦게 깨달았다.

방금 눈앞의 여자가 아리안의 이름을 말했다는 사실을.

“아, 아리안? 당신, 아리안을 알고 있소? 그는 어디에 있는 거요?”

주군인 시슬란을 함께 보필했던 아리안이었다.

하지만 시슬란이 실종되던 그날, 아리안도 함께 실종되고 말았다.

아마 주군과 운명을 함께하였으리라.

죽었든, 살았든.

그렇게 생각하고 있던 락토르였기에 아리안의 이름을 전혀 생각지 못한 낯선 사람의 입에서 듣게 되자 자신도 모르게 다급한 질문이 쏟아져 나왔다.

아리안이 자신이 모르는 어딘가에 살아 있다는 뜻이 아닌가! 그렇다면 주군인 시슬란도 어딘가에 살아 있을 수 있다는 뜻이 아닌가!

그처럼 절박하고 다급하게 묻는 락토르를 향해 덩치 큰 여인, 야니카가 싱긋 웃어 보였다.

"아무래도 그 질문에 대한 대답은 내가 아니라 저쪽에게 듣는 게 나을 것 같은데."

야니카가 숲 한쪽을 턱짓했다.

락토르의 시선이 그쪽으로 움직였다.

비르고를 포함한 12 수호 기사도 긴장하고 있다가 야니카가 가리키는 곳을 쳐다보았다.

그리고 그들은 동시에 전율을 느끼고 말았다.

숲에서 산책하듯 유유히 걸어 나오는 한 남자.

시슬란이었다.

제일 먼저 그에게 반응한 사람은 락토르였다.

"주…… 주…… 주구운!"

그는 온몸을 사시나무 떨듯이 떨며 시슬란을 향해 부복했다. 그러는 사이 어느새 그는 자신도 모르게 통곡하듯 흐느끼고 있었다.

그런 그를 보는 시슬란의 눈빛에 회한이 서렸다.

"미안하구나. 내가 부족하여 그대로 하여금 크나큰 고초를 겪게 하였구나."

시슬란의 목소리에도 물기가 서려 있는 것처럼 들리는 것은 단지 락토르의 착각이었을까.

아니, 락토르는 시슬란의 방금 한마디가 진심이었음을 누구보다 잘 느낄 수 있었다.

원래 이런 분이셨다.

무심한 듯 보이지만 정이 깊은 분이셨다.

눈물이 왈칵 쏟아져 나왔다.

그렇게 락토르는 짐승처럼 감격의 울음을 쏟아 냈다.

반면, 시슬란의 등장을 한 박자 늦게 깨달은 비르고와 12수호 기사는 대경실색하여 서둘러 포위망을 구축했다.

"사, 살아 있었습니까?"

"보다시피."

"그렇다면 실수하신 겁니다. 황태자께서는 그대로 숨죽인 채 숨어서 지내셔야 했습니다."

"어째서?"

"이렇게 모습을 드러내셨으니 이제는 죽음을 피하실 수 없게 되었기 때문입니다. 쳐라!"

비르고의 외침과 함께 12 수호 기사들이 모조리 시슬란을 향해 달려들었다. 그들은 모두 시슬란이 얼마나 강력한 존재인지를 잘 알고 있었다.

그렇기에 자신이 낼 수 있는 최고의 공격을 시슬란에게 퍼부었다.

가공할 위력이었다.

하지만 그들은 이 자리에 시슬란과 야니카 외에도 한 사람이 더 있음을 깨닫지 못하였다.

"앱솔루트 실드!"

파아앙!

"……!"

여자의 낭랑한 외침과 함께 시슬란의 전신에 황금빛으로 빛나는 방패가 생성되었다.

12 수호 기사의 혼신의 공격은 그 방패에 허무하리만치 간단하게 가로막히고 말았다.

뒤이어 붉은 머리칼의 여인이 풀숲에서 걸어 나왔다.

"열두 명이 한 사람을 기습하면 부끄럽지 않나요?"

바로 카탈리나였다.

그녀의 등장과 미지의 마법의 힘에 12 수호 기사는 더더욱 긴장하였다.

그렇지 않아도 강력한 시슬란, 그리고 비르고의 검을 단숨에 부러뜨린 괴력의 여인, 거기다 정체불명의 힘을 사용하는 묘령의 여인까지.

12 수호 기사가 비르고를 향해 눈짓을 보냈다.

'여기서 퇴각하는 것이 좋을 듯합니다.'

'그래.'

비르고도 고개를 끄덕였다.

그녀는 바보가 아니었다.

지금의 전력으로는 시슬란을 죽이기는커녕 몰살을 당하지 않으면 오히려 다행일 지경이었다.

〈한꺼번에 치고 전력으로 빠진다.〉

수신호로 작전을 수립한 그들은 한꺼번에 움직일 타이밍을 노렸다.

그러나 그들을 보는 시슬란의 얼굴엔 어처구니가 없다는 표정만이 떠올라 있었다.

"그대들은 참으로 어리석군."

시슬란이 계속 말했다.

"그사이에 상대의 힘이 얼마나 되는지를 보는 눈마저 잃어버린 건가? 실망이다."

시슬란의 말이 끝남과 동시에 그의 전신에서 망령 같은 그림자가 사방을 향해 휘몰아쳐 일어났다.

샤아아아아!

"……!"

그것은 루나리언인 비르고와 12 수호 기사들조차 한 번도 본 적이 없는 광경이었다.

한 사람의 몸에서 피어난 그림자가 사방은 물론이고 밤하늘과 눈에 보이는 모든 그림자를 뒤덮어 가며 잠식하고 있었다!

전율과 공포를 동시에 느끼는 그들을 향해 시슬란이 말했다.

"그대들은 변명도, 증언도 할 필요가 없다. 나는 그대들을 포함한 이 루나티카 전체의 진혼에 직접 접촉하여 물을 것이다. 내가 없던 그동안 무슨 일이 벌어졌는지, 누가 어떤 행위를 어떤 마음가짐으로 하였는지. 모두 내가 직접 보고 판단하겠다."

샤아아아아!

시슬란의 그림자가 일대의 숲과 하늘을 넘어서서 루나티카 전체를 뒤덮었다.

그는 이미 솔라리스와 루나티카를 모두 아우르는 세계의 신이 되어 있는 상태였다.

잠시 눈을 감는 것만으로도 그는 자신이 자리를 비운 세월 동안 일어났던 모든 일과 모든 사람들의 마음을 들여다볼 수 있었다.

"그럼 판결을 내리도록 하지."

시슬란의 한 손이 허공을 향해 올라갔다.

비르고를 비롯한 12 수호 기사의 온몸에 식은땀과 소름이 돋아났다.

Epilogue

바람이 불었다.

끝없는 바람에 실려 오는 모래 입자가 머리칼 깊숙이 들어오는 걸 느끼며 이솔라는 머리를 크게 한 차례 털었다.

모래가 우수수 떨어졌다.

아래에 있던 바실이가 큰 프릴을 흔들며 불평했다.

"으듀듀!"

"아하하! 미안, 미안. 네 생각을 미처 못 했네. 미안해."

이솔라는 그렇게 말하면서도 머리 터는 것을 멈추지 않았다. 그뿐만 아니라 거칠하게 자라난 턱수염 사이에 낀 모래도 털어 냈다.

바실이의 불평이 더욱 커졌다.
이솔라도 더 크게 웃었다.
"후우, 벌써 20년 전인가."
따가운 햇볕을 손으로 가리며 이솔라는 가늘게 뜬 눈으로 모래언덕 아래를 바라보았다.
그곳엔 10년째 방치된 마테온 요새가 있었다.
과거 수많은 광마병들을 막아 내었던 철옹성의 요새.
하지만 이제는 아무도 찾지 않는 폐허로 변해 있었다.
옛 기억을 더듬던 이솔라가 피식 웃었다.
"하긴, 그 후로는 쓸모가 없어졌으니까. 읏차!"
바실이의 등에서 내린 이솔라는 조심조심 모래언덕을 내려가 반쯤 허물어진 성벽 앞에 섰다.
새삼 지난 세월이 떠올랐다.
시슬란이 카탈리나와 야니카를 데리고 루나티카로 떠난 것이 벌써 20년 전의 일이었다.
그 후로 남은 사람들은 마테온에서 평화롭게 지내며 스스로를 지켰다. 그리고 삶의 터전을 일구기 위해 부단히 노력했다.
그 결실을 보게 된 것은 다시 10년이 지났을 무렵쯤이었다.
10년의 세월 동안 광마대제와 대리석 전사들, 가디언, 그리고 아리안 장군과 블랙비어드 제독은 솔라리스 곳곳을 탐험하며 각 지방에서 날뛰던 군벌들을 잠재웠다.

대부분 힘없는 자들을 수탈하며 살던 무리들이었다.

그렇게 10년에 걸쳐 소탕 작전과 흡수 작전을 병행하자 굴복한 군벌 무리가 흡수되었고, 마테온의 엄격한 관리를 받게 되었다.

인구가 늘어났다.

제도가 생기고 법이 탄생했다.

경제가 살아나기 시작했다.

그때쯤 되자 마테온은 포화 상태가 되었다.

보다 살기 좋은 강가의 평야에 새로운 도시가 만들어졌다.

솔라리스에 세워진 첫 재건 도시였다.

그 후로 다시 10년.

마테온의 후손들은 아직도 시슬란을 기다리며 도시와 문명을 재건하기 위해 노력하는 중이었다.

"금방 오실 것처럼 굴더니 참 오래도 걸리시네. 아, 덥다."

이솔라는 폐허의 그늘에 누워 하늘을 바라보았다.

그렇게 말없이 추억과 대화하는 시간이 천천히 흘러갔다.

그러다가 깜빡 잠이 들었다.

"어…… 으음!"

잠꼬대를 하다가 이솔라가 깨어났을 때는 이미 날이 어두워져 있었다.

그런데 황급히 자리에서 일어나던 이솔라는 뭔가가 이상함을 깨달았다.

하늘의 달이…… 두 개로 늘어나 있었다.

"어?"

처음엔 아직도 꿈을 꾸나 싶었다.

그런데 아니었다.

아무리 눈을 비비고 정신을 차리고 봐도 이건 꿈이 아니었다.

"대체 어떻게 된 거야?"

당황한 이솔라는 바실이와 함께 사방을 둘러보았다.

그리고 더욱 놀라고 말았다.

마테온의 폐허가 사라져 있었다.

그리고 그 자리에…… 처음으로 보는 낯선 모습의 도시가 자리하고 있었다.

게다가 사람들이 보였다.

한 무리의 사람들이 자신을 향해 걸어오고 있었다.

그 선두에 선 세 사람을 본 이솔라는 저도 모르게 입을 딱 벌리고 말았다.

"어, 어어……."

"으, 으듀!"

이솔라에 앞서 세 사람을 알아본 건 바실이였다.

녀석은 육중한 덩치에도 불구하고 한껏 어리광을 부리며 선두에서 걸어오는 사내를 향해 힘껏 뛰어갔다.

이솔라는 다시 한 번 눈을 힘껏 비볐다.

어느새 바로 앞까지 다가온 사람은 시슬란이었다.

그뿐만 아니라 시슬란의 좌우에 선 두 여인은 바로 카탈리나와 야니카였다. 그녀들은 황후나 입을 법한 화려한 옷을 입고 있었다.

아니, 그녀들은 이미 황후였다.

그런 세 사람의 뒤로 펼쳐진 도시의 모습은 루나티카의 황도였다.

"오랜만이군."

시슬란이 싱긋 웃었다.

그것은 분리되어 불완전했던 두 세계를 융합한 신의 미소였다.

〈완결〉